庐隐
小传

庐隐,原名黄淑仪,又名黄英。1898年生于福建,其童年生活极其糟糕。母亲是旧式女子,非常不喜欢她。父亲是前清举人,也视她为累赘。1903年,父亲去世,她随母亲来到北京外祖父家。第二年,拜姨母为师接受教育,姨母对她很苛刻,被歧视、被处罚乃家常便饭。这种自幼就缺少父爱、母爱的不幸遭际,对其后来看待爱情与人生的态度产生了内在而深远的影响。1908年,庐隐入慕贞学院(教会学校)读小学,并开始信仰基督教。1912年,庐隐考入北京女子高等师范学校,在校期间,慢慢对文学产生了浓厚兴趣,并因痴迷小说,而得了"小说迷"的绰号。毕业后,有过担任教员的短暂经历。

1917年后,先后赴安庆、开封两地任过教员,但所历时间都不长。两次离职,一次因对所从事教职不感兴趣,一次因不见融于小团体而屡遭排挤,都展现了其独立自主的人生态度和职业精神。1919年秋,考进了北京女子高等师范学校国文部,被选为学生会干事,合编校园刊物,合组秘密团体("社会改良派")。参加社会活动,视野进一步打开。

她在个性上的自我解放、自由意志,在具体实践中的坚韧、执着、义无反顾,以个体行动展现出的反世俗、反封建的形象与力量,都走在"五四"青年女性的前列。无论少女时期与表哥林鸿俊的恋爱,还是后来与已有家室的郭梦良的结合,以及郭去世后又与小她九岁的清华大学学生李唯建的热恋,在当时均堪称惊世骇俗的社会事件。

童年不幸,经历坎坷,一生清贫,且漂泊不定、流离失所。在此期间,或求学,或恋爱,或工作,皆不同寻常,庐隐的一生亦堪称传奇。然而,传奇女子不长命,1934年5月,庐隐因难产手术失败逝世于上海大华医院,时年三十六岁。她如世间一孤鸿,无论来去,都让人瞩目。

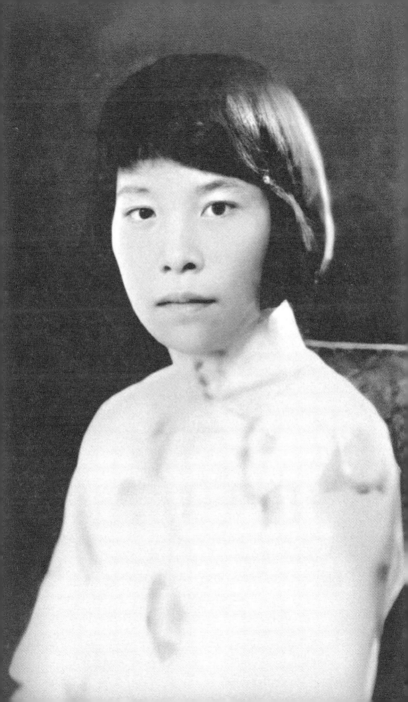

庐隐 著

本册主编　总主编

吴义勤　何向阳

百年
中篇
小说
名家
经典

BAINIAN
ZHONGPIAN
XIAOSHUO
MINGJIA JINGDIAN

海滨故人

HAI
BIN
GU
REN

河南文艺出版社
·郑州·

一种文体与
一百年的民族记忆

何向阳 （丛书总主编）

　　自 20 世纪初，确切地说，自 1918 年 4 月以
鲁迅《狂人日记》为标志的第一部白话小说的
诞生伊始，新文学迄今已走过了百年的历史。
百年的历史相对于古老的中国而言算不上悠
久，但 20 世纪初到 21 世纪初这个一百年的文
化思想的变化却是翻天覆地的，而记载这翻天
覆地之巨变的，文学功莫大焉。作为一个民族
的情感、思想、心灵的记录，从小处说起的小
说，可能比之任何别的文体，或者其他样式的
主观叙述与历史追忆，都更真切真实。将这一

百年的经典小说挑选出来，放在一起，或可看到一个民族的心性的发展，而那可能被时间与事件遮盖的深层的民族心灵的密码，在这样一种系统的阅读中，也会清晰地得到揭示。

所需的仍是那份耐心。如鲁迅在近百年前对阿Q的抽丝剥茧，萧红对生死场的深观内视，这样的作家的耐心，成就了我们今天的回顾与判断，使我们——作为这一古老民族的每一个个体，都能找到那个线头，并警觉于我们的某种性格缺陷，同时也不忘我们的辉煌的来路和伟大的祖先。

来路是如此重要，以至小说除了是个人技艺的展示之外，更大一部分是它对社会人众的灵魂的素描，如果没有鲁迅，仍在阿Q精神中生活也不同程度带有阿Q相的我们，可能会失去或推迟认识自己的另一面的机会，当然，如果没有鲁迅之后的一代代作家对人的观察和省思，我们生活其中而不自知的日子也许更少苦恼但终是离麻木更近，是这些作家把先知的写下来给我们看，提示我们这是一种人生，但也还有另一种人生，不一样的，可以去尝试，可以去追寻，这是小说更重要的功能，是文学家个人通过文字传达、建构并最终必然参与到的民族思想再造的部分。

我们从这优秀者中先选取百位。他们的目光是不同的，但都是独特的。一百年，一百位作家，每位作家出版一部代表作品。百人百部百年，是今天的我们对于百年前开始的新文化运动的一份特别的纪念。

而之所以选取中篇小说这样一种文体，也是出于这个原因。

中篇小说，只是一种称谓，其篇幅介于长篇小说和短篇小说之间，长篇的体积更大，短篇好似又不足以支撑，而介于两者之间的中篇小说兼具长篇的社会学容量与短篇的技艺表达，虽然这种文体的命名只是在20世纪的七八十年代才明确出现，但三四十年间发展迅速，其中的优秀作品在不同时期或年份涵盖长、短篇而代表了小说甚至文学的高峰，比如路遥的《人生》、张承志的《北方的河》、莫言的《透明的红萝卜》、韩少功的《爸爸爸》、王安忆的《小鲍庄》、铁凝的《永远有多远》等等，不胜枚举。我曾在一篇言及年度小说的序文中讲到一个观点，小说是留给后来者的"考古学"，它面对的不是土层和古物，但发掘的工作更加艰巨，因为它面对的是一个民族的精神最深层的奥秘，作家这个田野考察者，交给我们的他的个人的报告，不啻是一份份关于民族心灵潜行的记录，而有一天，把这些"报告"收集起来的我们会发现，它是一份长长的报告，在报告的封面上应写着"一个民族的精神考古"。

一百年在人类历史上不过白驹过隙，何况是刚刚挣得名分的中篇小说文体——国际通用的是小说只有长、短篇之分，并无中篇的命名，而新文化运动伊始直至70年代早期，中篇小说的概念一直未得到强化，需要说明的是，这给我们今天的编选带来了困难，所以在新文学的现代部分以及当代部分的前半段，我们选取了篇幅较短篇稍长又不足长篇的小说，譬如鲁迅的《祝福》《孤独者》，它的篇幅长度虽不及《阿Q正传》，但较之鲁迅自己的其他小说已是长的了。其他的现代时期作家的小说选取同理。所以在编选中我也曾想，命名"中篇小说名家经典"是否足以囊括，或者不如叫作"百年百人百部小说"，但如此称谓又是对短篇小说的掩埋和对长篇小说的漠视，还是点出

"中篇"为好。命名之事，本是予实之名，世间之事，也是先有实后有名，文学亦然。较之它所提供的人性含量而言，对之命名得是否妥帖则已显得不那么重要了。

值此新文化运动一百年之际，向这一百年来通过文学的表达探索民族深层精神的中国作家们致敬。因有你们的记述，这一百年留下的痕迹会有所不同。

感谢河南文艺出版社，感动我的还有他们的敬业和坚持。在出版业不免利益驱动的今天，他们的眼光和气魄有所不同。

2017 年 5 月 29 日　郑州

目录

一

呵！多美丽的图画！斜阳红得像血般，照在碧绿的海波上，露出紫蔷薇般的颜色来，那白杨和苍松的阴影之下，她们的旅行队正停在那里，五个青年的女郎，要算是此地的熟客了，她们住在靠海的村子里；只要早晨披白绡的安琪儿，在天空微笑时，她们便各人拿着书跳舞般跑了来。黄昏红裳的哥儿回去时，她们也必定要到。

她们倒是什么来历呢？有一个名字叫露沙，她在她们五人里，是最活泼的一个，她总喜欢穿白纱的裙子，用云母石作枕头，仰面睡在草地上默默凝思。她在城里念书，现在正是暑假期中，约了她的好朋友——玲玉、莲裳、云青、宗莹住在海边避暑，每天两次来赏鉴海景。她们五个人的相貌和脾气都有极显著的区别。露沙是个很清瘦的面庞和体格，却十分刚强，她们给她的赞语是"短小精悍"。她的脾气很爽快，但心思极深，对于世界的谜仿佛已经识破，对人们交接，总是诙谐的。玲玉是富于情感，而体格极瘦弱，她常常喜欢人们的赞美和温存。她认定的世界的伟大和神秘，只是爱的作用；她喜欢笑，更喜欢哭，她和云青最要好。 云青是个理智比感情更强的人。 有时她不耐烦了，不能十分温慰玲玉，玲玉一定要背人偷拭泪，有时竟至放声痛哭了。 莲裳为人最周到，无论和什么人都交际得来，而且到处都被人欢迎，她和云青很好。 宗莹在她们里头，是最娇艳的一个，她极喜欢艳妆，也喜欢向人夸耀她的美和她的学识，她常常说过分的话。 露沙和她很好，但露沙也极反对她思想的近俗，不过觉得她人很温和，待人很好，时时地牺牲了自己的偏见，来附和她。 她们样样不同的朋友，而能比一切同学亲热，就在她们都是很有抱负的人，和那醉生梦死的不同。 所以她们就在一切同学的中间，筑起高垒来隔绝了。

有一天朝霞罩在白云上的时候，她们五个人又来了。 露沙睡在海崖上，宗莹蹲在她的身旁，莲裳、玲玉、云青站在海边听怒涛狂歌，看碧波闪映，宗莹和露沙低低地谈笑，远远忽见一缕白烟从海里腾起。 玲玉说："船来了！"大家因都站起来观看，渐渐看见烟筒了。 看见船身了，不到五分钟整个的船都可以看得清楚。 船上许多水手都对她们望着，直到走到极远才止。 她们因又团坐下，说海上的故事。

开始露沙述她幼年时，随她的父母到外省做官去，也是坐的这样的海船。 有一天因为心里烦闷极了，不住声地啼哭，哥哥拿许多糖果哄她，也止不住哭声，妈妈用责罚来禁止她的哭声，也是无效。 这时她父亲正在作公文，被她搅得急起来，因把她抱起来要往海里抛。 她这时惧怕那油碧碧的海水，才止住哭声。

宗莹插言道："露沙小时的历史，多着呢，我都知道。因我妈妈和她家认识，露沙生的那天，我妈妈也在那里。"玲玉说："你既知道，讲给我们听听好不好？"宗莹看着露沙微笑，意思是探她许可与否，露沙说："小时的事情我一概不记得，你说说也好，叫我也知道知道。"

于是宗莹开始说了："露沙出世的时候，亲友们都庆贺她的命运，因为露沙的母亲已经生过四个哥儿了。当孕着露沙的时候，只盼望是个女儿。这时露沙正好出世。她母亲对这嫩弱的花蕊，十分爱护，但同时意外的事情发生了，不免妨碍露沙的幸运，就是生露沙的那一天，她的外祖母死了。并且曾经派人来接她的母亲，为了露沙的出世，终没去成，事后每每思量，当露沙闭目恬适睡在她臂膀上时，她便想到母亲的死，晶莹的泪点往往滴在露沙的颊上。后来她忽感到露沙的出世有些不祥，把思量母亲的热情，变成憎厌露沙的心了！

"还有不幸的，是她母亲因悲抑的结果，使露沙没有乳汁吃，稚嫩的哀哭声，便从此不断了。有一天夜里，露沙哭得最凶，连她的小哥哥都被吵醒了。

"她母亲又急又痛，止不住倚着床沿垂泪，她父亲也叹息道：'这孩子真讨厌！明天雇个奶妈，把她打发远点，免得你这么受罪！'她母亲点点头，但没说什么。

"过了几天，露沙已不在她母亲怀抱里了，那个新奶妈，是乡下来的，她梳着奇异像蝉翼般的头，两道细缝的小眼，上唇噘起来，露着牙龈。 露沙初次见她，似乎很惊怕，只躲在娘怀里不肯仰起头来。 后来那奶妈拿了许多糖果和玩物，才勉强把她哄去。 但到了夜里，她依旧要找娘去，奶妈只把她搂在怀里，轻轻拍着，唱催眠歌儿，才把她哄睡了。

"露沙因为小时吃了母亲忧抑的乳汁，身体十分孱弱，况且那奶妈又非常的粗心，她有时哭了，奶妈竟不理她，这时她的小灵魂，感到世界的孤寂和冷刻了。 她身体健康更一天不如一天。 到三岁了她还不能走路和说话，并且头上还生了许多疮疥。 这可怜的小生命，更没有人注意她了。

"在那一年的春天，鸟儿全都轻唱着，花儿全都含笑着，露沙的小哥哥都在绿草地上玩耍，那时露沙得极重的热病，关闭在一间厢房里。 当她病势沉重的时候，她母亲绝望了，又恐怕传染，她走到露沙的小床前，看着她瘦弱的面庞说：'唉！ 怎变成这样了！ ……奶妈，我这里孩子多，不如把她抱到你家里去治吧！ 能好再抱回来，不好就算了！'奶妈也正想回去看看她的小黑，当时就收拾起来，到第二天早晨，奶妈抱着露沙走了。 她母亲不免伤心流泪。 露沙搬到奶妈家里的第二天，她母亲又生了个小妹妹，从此露沙不但不在她母亲的怀里，并且也不在她母亲的心里了。

"奶妈的家，离城有二十里路，是个环山绕水的村落，她的屋子，是用茅草和黄泥筑成的，一共四间，屋子前面有一座竹篱笆，篱笆外有一道小溪，溪的隔岸，是一片田地，碧绿的麦秀，被风吹着如波纹般涌漾，奶妈的丈夫是个农夫，天天都在田地里做工，家里有一个纺车，奶妈的大女儿银姊，天天用它纺线，奶妈的小女儿小黑和露沙同岁。露沙到了奶妈家里，病渐渐减轻，不到半个月已经完全好了，便是头上的疮也结了痂，从前那黄瘦的面孔，现在变成红黑了。

"露沙住在奶妈家里，整整过了半年，她忘了她的父母，以为奶妈便是她的亲娘，银姊和小黑是她的亲姊姊。朝霞幻成的画景，成了她灵魂的安慰者，斜阳影里唱歌的牧童，是她的良友，她这时精神身体都十分焕发。

"露沙回家的时候，已经四岁了。到六岁的时候，就随着她的父母做官去，以后的事情我就不知道了。"

宗莹说到这里止住了。露沙只是怔怔地回想，云青忽喊道："你看那海水都放金光了，太阳已经到了正午，我们回去吃饭吧！"她们随着松荫走了一程已经到家了。

在这一个暑假里，寂寞的松林，和无言的海流，被这五个女孩子点染得十分热闹，她们对着白浪低吟，对着激潮高歌，对着朝霞微笑，有时竟对着海月垂泪。不久暑假将尽了，那天夜里正是月望的时候，她们黄昏时拿着箫笛等来了。露沙说："明天我们就要进城去，这海上的风景，只有这一次的赏受了。今晚我们一定要看日落和月出……这海边上虽有几家人家，但和我们也混熟了，纵晚点回去也不要紧，今天总要尽兴才是。"大家都极同意。

西方红灼灼的光闪烁着，海水染成紫色，太阳足有一个脸盆大，起初盖着黄色的云，有时露出两道红来，仿佛大神怒睁两眼，向人间狠视般，但没有几分钟那两道红线化成一道，那彩霞似彗星般散在西北角上，那火盆般的太阳已到了水平线上，一霎眼那太阳已如狮子滚绣球般，打个转身沉向海底去了。天上立刻露出淡灰色来，只在西方还有些五彩余辉闪烁着。

海风吹拂在宗莹的散发上，如柳丝轻舞，她倚着松柯低声唱道：

> 我欲登芙蓉之高峰兮，
> 白云阻其去路。
> 我欲挈绿萝之俊藤兮，
> 惧颓岩而跙踏。
> 伤烟波之荡荡兮，
> 伊人何处？
> 叩海神久不应兮，
> 唯漫歌以代哭！

接着歌声，又是一阵箫韵，其声嘤嘤似蜂鸣群芳丛里，其韵溶溶似落花轻逐流水，渐提渐高激起有如孤鸿哀唳碧空，但一折之后又渐转和缓恰似水渗滩底呜咽不绝，最后音响渐杳，歌声又起道：

临碧海对寒素兮，

何烦纤之萦心！

浪滔滔波荡荡兮，

伤孤舟之无依！

伤孤舟之无依兮，

愁绵绵而永系！

　　大家都被了歌声的催眠，沉思无言，便是那作歌的宗莹，也只有微叹的余音，还在空中荡漾罢了。

二

　　她们搬进学校了。暑假里浪漫的生活，只能在梦里梦见，在回想中想见。这几天她们都是无精打采的。露沙每天只在图书馆，一张长方桌前坐着，拿着一支笔，痴痴地出神，看见同学走过来时，她便将人家慢慢分析起来。同学中有一个叫松文的从她面前走过，手里正拿着信，含笑的看着，露沙等她走后，便把她从印象中提出，层层地分析。过了半点钟，便抽去笔套，在一册小本子上写道：

　　"一个很体面的女郎，她时时向人微笑，多美丽呵！只有含露的荼蘼能比拟她。但是最真诚和甜美的笑容，必定当她读到情人来信时才可以看见！这时不正像含露的荼蘼了，并且像斜阳熏醉的玫瑰，又柔媚又艳丽呢！"她写到这里又有一个同学从她面前走过。 她放下她的小本子，换了宗旨不写那美丽含笑的松文了！ 她将那个后来的同学照样分析起来。 这个同学姓郦，在她一级中年纪最大——大约将近四十岁了——她拿着一堆书，皱着眉走过去。 露沙望着她的背影出神。 不禁长叹一声，又拿起笔来写道："她是四十岁的母亲了，——她的儿已经十岁——当她拿着先生发的讲义——二百余页的讲义，细细地理解时，她不由得想起她的儿来了。 她那时皱紧眉头，合上两眼，任那眼泪把讲义湿透，也仍不能止住她的伤心。

"先生们常说：'她是最可佩服的学生。'我也只得这么想，不然她那紧皱的眉峰，便不时惹起我的悲哀：我必定要想道：人多么傻呵！ 因为不相干的什么知识——甚至于一张破纸文凭，把精神的快活完全牺牲了……"当当，一阵吃饭钟响，她才放下笔，从图书馆出来，她一天的生活大约如是，同学们都说她有神经病，有几个刻薄的同学给她起个绰号，叫"著作家"，她每逢听见人们嘲笑她的时候，只是微笑说："算了吧！ 著作家谈何容易？"说完这话，便头也不回地跑到图书馆去了。

宗莹最喜欢和同学谈情。 她每天除上课之外，便坐在讲堂里，和同学们说："人生的乐趣，就是情。"她们同级里有两个人，一个叫作兰香，一个叫作孤云，她们两人最要好，然而也最爱打架。 她们好的时候，手挽着手，头偎着头，低低地谈笑。 或商量两个人做一样衣服，用什么样花边，或者做一样的鞋，打一样的别针，使无论什么人一见她们，就知道她们是顶要好的朋友。 有时预算星期六回家，谁到谁家去，她们说到快意的时候，竟手舞足蹈，合唱起来。 这时宗莹必定要拉着玲玉说："你看她们多快乐呵！ 真是人若没有感情，就不能生活了。 情是滋润草木的甘露，要想开美丽的花，必定要用情汁来灌溉。"玲玉也悄悄地谈论着，我们级里谁最有情，谁有真情，宗莹笑着答她道："我看你最多情，——最没情就是露沙了。 她永远不相信人，我们对她说情，她便要笑我们。 其实她的见地实在不对。"玲玉便怀疑着笑说道："真的吗？ ……我不相信露沙无情，你看她多喜欢笑，多喜欢哭呀。 没情的人，感情就不应当这么易动。"宗莹听了这话，沉思一回，又道："露沙这人真奇怪呀！ ……有时候她闹起来，比谁都活泼，及至静起来，便谁也不理的躲起来了。"

她们一天到晚，只要有闲的时候，便如此的谈论，同学们给她们起了绰号，叫"情迷"，她们也笑纳不拒。

云青整天理讲义，记日记。 云青的姊妹最多，她们家庭里因组织了一个娱乐会。 云青全份的精神都集中在这里，下课的时候，除理讲义，抄笔录和记日记外，就是做简章和写信。 她性情极圆和，无论对于什么事，都不肯吃亏，而且是出名的拘谨。 同级里每回开级友会，或是爱国运动，她虽热心帮忙，但叫她出头露面，她一定不答应。 她唯一的推辞只说："家里不肯。"同学们能原谅她的，就说她家庭太顽固，她太可怜；不能原谅她，就冷笑着说："真正是个薛宝钗。"她有时听见这种的嘲笑，便呆呆坐在那里。露沙若问她出什么神？她便悲抑着说："我只想求人了解真不容易！"露沙早听惯看惯她这种语调态度，也只冷冷地答道："何必求人了解？老实说便是自己有时也不了解自己呢！"云青听了露沙的话，就立刻安适了，仍旧埋头做她的工作。

莲裳和他们四人不同级，她学的是音乐，她每日除了练琴室里弹琴，便是操场上唱歌。她无忧无虑，好像不解人间有烦恼事，她每逢听见云青露沙谈人无味一类的话，她必插嘴截住她们的话说："哎呀！你们真讨厌。竟说这些没意思的话，有什么用处呢？来吧！来吧！操场玩去吧！"她跑到操场里，跳上秋千架，随风上下翻舞，必弄得一身汗她才下来，她的目的，只是快乐。她最憎厌学哲理的人，所以她和露沙她们不能常常在一处，只有假期中，她们偶然聚会几次罢了。

她们在学校里的生活很平淡，差不多没有什么意外的事情发现。到了第三个年头，学校里因为爱国运动，常常罢课。露沙打算到上海读书。开学的时候，同学们都来了，只短一个露沙，云青、玲玉、宗莹都感十分怅惘，云青更抑抑不能耐，当日就写了一封信给露沙道：

　　露沙：

　　　　赐书及宗莹书，读悉，一是离愁别恨，思之痛，言之更痛,露沙!千丝万缕,从何诉说?知惜别之不免,悔欢聚之多事矣!悠悠不决之学潮,至兹告一结束,今日已始行补课,同堂相见,问及露沙,上海去也。局外人已不胜为吾四人憾,况身受者乎?吾不欲听其问,更不忍笔之于此以增露沙愁也!所幸吾侪之以志行相契,他日共事社会,不难旧雨重逢,再作昔日之游,话别情,倾积愫,且喜所期不负,则理想中乐趣,正今日离愁别恨有以成之;又何惜今日之一别,以至永久之乐乎?云素欲作积极语,以是自慰,亦勉以是为露沙慰,知露沙离群之痛,总难恝然于心。姑以是作无聊之极想,当耐味之榆柑可也。

今日校中之开学式,一种萧条气象,令人难受,露沙!所谓"别时容易见时难"。吾终不能如太上之忘情,奈何!得暇多来信,余言续详,顺颂康健!

云青

云青写完信,意绪兀自懒散,在这学潮后,杂乱无章的生活里,只有沉闷烦纡,那守时刻司打钟的仆人,一天照样打十二回钟,但课堂里零零落落,只有三四个人上堂。教员走上来,四面找人,但窗外一个人影都没有。院子里只有垂杨对那孤寂的学生教员,微微点头。玲玉、宗莹和云青三个人,只是在操场里闲谈。这时正是秋凉时候,天空如洗,黄花满地,西风爽竦。一群群雁子都往南飞,更觉生趣索然。她们起初不过谈些解决学潮的方法,已觉前途的可怕,后来她们又谈到露沙了，玲玉说："露沙走了，与她的前途未始不好。只是想到人生聚散，如此易易，太没意思了，现在我们都是作学生的时代，肩上没有重大的责任，尚且要受种种环境支配，将来投身社会，岂不更成了机械吗？……"云青说："人生有限的精力，消磨完了就结束了，看透了倒不值得愁前虑后呢。"宗莹这时正在葡萄架下，看累累酸子，忽接言道："人生都是苦恼，但能不想就可以不苦了！"云青说："也只有做如此想。"她们说着都觉倦了，因一齐回到讲堂去。宗莹的桌上忽放着一封信，是露沙寄来的，她忙忙撕开念道：

　　人寿究竟有几何？穷愁潦倒过一生，未免不值得！我已决定日内北上，以后的事情还讲不到，且把眼前的快乐享受了再说。

　　宗莹！云青！玲玉！从此不必求那永不开口的月姊——传我们心弦之音了！呵！再见！

宗莹喜欢得跳起来，玲玉、云青也尽展愁眉，她们并且忙跑去通知莲裳，预备欢迎露沙。

露沙到的那天，她们都到火车站接她。把她的东西交给底下人拿回去。她们五个人一齐走到公园里。在公园里吃过晚饭，便在社稷坛散步，她们谈到暑假分别时曾叮嘱到月望时，两地看月传心曲，谁想不到三个月，依旧同地赏月了！ 在这种极乐的环境里，她们依旧恢复她们天真活泼的本性了。

她们谈到人生聚散的无定。 露沙感触极深，因述说她小时的朋友的一段故事：

"我从九岁开始念书，启蒙的先生是我姑母，我的书房，就在她寝室的套间里。 我的书桌是红漆的，上面只有一个墨盒，一管笔，一本书，桌子面前一张木头椅子。 姑母每天早晨教我一课书，教完之后，她便把书房的门倒锁起来，在门后头放着一把水壶，念渴了就喝白开水，她走了以后，我把我的书打开。 忽听见院子里妹妹唱歌，哥哥学猫叫，我就慢慢爬到桌上站在那里，从窗眼往外看。 妹妹笑，我也由不得要笑；哥哥追猫，我心里也像帮忙一块追似的。 我这样站着两点钟也不觉倦，但只听见姑母的脚步声，就赶紧爬下来，很规矩地坐在那里，姑母一进门，正颜厉色地向我道：'过来背书。'我哪里背得出，便认也不曾认得。 姑母怒极，喝道：'过来！'我不禁哀哀地哭了。 她拿着皮鞭抽了几鞭，然后狠狠地说：'十二点再背不出，不用想吃饭呵！'我这时恨极这本破书了。 但为要吃午饭，也不能不拼命地念，侥幸背出来了，混了一顿午饭吃。 但是念了一年，一本《三字经》还不曾念完。 姑母恨极了，告诉了母亲，把我狠狠责罚了一顿，从此不教我念书了。 我好像被赦的死囚，高兴极了。

"有一天我正在同妹妹做小衣服玩，忽听见母亲叫我说：

'露沙！ 你一天在家里不念书，竟顽皮，把妹妹都引坏了。我现在送你上学校去，你若不改，被人赶出来，我就不要你了。'我听了这话，又怕又伤心，不禁放声大哭。 后来哥哥把我抱上车，送我到东城一个教会学堂里。 我才迈进校长室，心里便狂跳起来。 在我的小生命里，是第一次看见蓝眼睛、高鼻子的外国人，况且这校长满脸威严。 我哥哥和她说：'这小孩是我的妹妹，她很顽皮，请你不用客气地管束她。 那是我们全家所感激的。'那校长对我看了半天说：'哦！ 小孩子！ 你应当听话，在我的学校里，要守规矩，不然我这里有皮鞭，它能责罚你。'她说着话，把手向墙上一捺。 就听见'琅琅！'一阵铃响，不久就走进一个中国女人来，年纪二十八九，这个人比校长温和得多，她走进来和校长鞠了个躬，并不说话，只听见校长叫她道：'魏教习！ 这个女孩是到这里读书的，你把她带去安置了吧！'那个魏教习就拉着我的手说：'小孩子！ 跟我来！'我站着不动。 两眼望着我的哥哥，好似求救似的。 我哥哥也似了解我的意思，因安慰我说：'你好好在这里念书，我过几天来看你。'我知道无望了，只得勉勉强强跟着魏教习到里边去。

"这学校的学生，都是些乡下孩子，她们有的穿着打补丁的蓝布褂子，有的头上扎着红头绳，见了我都不住眼地打量，我心里又彷徨，又凄楚。 在这满眼生疏的新环境里，觉得好似不系之舟，前途命运真不可定呵，迷糊中不知走了多少路，只见魏教习领我走到楼下东边一所房子前站住了。 用手轻轻敲了几下门，那门便'呀'的一声开了。 一个女郎戴着蔚蓝眼镜，两颊娇红，眉长入鬓，身上穿着一件月白色的长衫，微笑着对魏教习鞠了躬说：'这就是那新来的小学生吗？'魏教习点点头说：'我把她交给你，一切的事情都要你留心照应。'说完又回头对我说：'这里的规矩，小学生初到学校，应受大学生的保护和管束。 她的名字叫秦美玉，你应当叫她姐姐，好好听她的话，不知道的事情都可以请教她。'说完站起身走了。 那秦美玉拉着我的手说：'你多大了？ 你姓什么？ 叫什么？ ……这学校的规矩很厉害，外国人是不容情的，你应当事事小心。'她正说着，已有人将我的铺盖和衣物拿进来了。 我这时忽觉得诧异，怎么这屋子里面没有床铺呢？ 后来又看她把墙壁上的木门推开了。 里头放着许多被褥，另外还有一个墙橱，便是放衣服的地方。 她告诉我这屋里住五个人，都在这木板上睡觉，此外，有一张长方桌子，也是五个人公用的地方。 我从来没看见过这种简陋的生活，仿佛到了一个特别的所在，事事都觉得不惯。 并且那些大学生，又都正颜厉色地指挥我打水扫地，我在家从来没做过，况且年龄又太幼弱，怎么能做得来。 不过又不敢不做，到烦难的时候，只有痛哭，那些同学又都来看我，有的说：'这孩子真没出息！'有的说：'管管她就好了。'那些没有同情的刺心话，真使我又羞又急，后来还是秦美玉有些不过意，抚着我的头说：'好孩子！ 别想家，跟我玩去。'我擦干了眼泪，跟她走出来。 院子里有秋千架，有荡木，许多学生在那里玩耍，其中有一个学生，和我差不多大，穿着藕荷色的洋纱长衫，对我含笑地望，我也觉得她和别的同学不同，很和气可近的，我不知不觉和她熟识了，我就别过秦美玉和她牵着手，走到后院来。 那里有一棵白杨树。 底下放着一块捣衣石，我们并肩坐在那里。 这时正是黄昏的时候，柔媚的晚霞，缀成漫天红罩，金光闪射，正映在我们两人的头上，她忽然问我道：'你会唱圣诗吗？'我摇头说'不会'，她低头沉思半晌说：'我会唱好几首，我教你一首好不好？'我点头道：'好！'她便轻轻柔柔地唱了一首，歌词我已记不得了。 只是那爽脆的声韵，恰似娇莺低吟，春燕轻歌，到如今还深刻脑海。 我们正在玩得有味，忽听一阵铃响，她告诉我吃晚饭了。 我们依着次序，走进膳堂，那膳堂在地窖里，很大的一间房子，两旁都开着窗户，从窗户外望，平地上所种的杜鹃花正开得灿烂娇艳，迎着残阳，真觉爽心动目。 屋子中间排着十几张长方桌，桌的两旁放着木头板凳，桌上当中放着一个绿盆，盛着白木头筷子和黑色粗碗，此外排着八碗茄子煮白水，每两人共吃一碗。 在桌子东头，放着一簸箩棒子面的窝窝头，黄腾腾好似金子的颜色，这又是我从来没吃过的，秦美玉替我拿了两块放在面前。 我拿起来咬了一口，有点甜味，但是嚼在嘴里，粗糙非常，至于那碗茄子，更不知道是什么味道，又涩又苦，想来既没有油，盐又放多了，我肚子其实很饿，但我拿起筷子勉强吃了两口，实在咽不下，心里一急，那眼泪点点滴滴都流在窝窝头上了。 那些同学见我这种情形，有的诮笑我，有的谈论我，我仿佛听见她们说：'小姐的派头倒十足，但为什么不吃小厨房的饭呢？'我那时不知道这学校的饭是分等第的，有钱的吃小厨房饭，没钱就吃大厨房的饭，我只疑疑惑惑不知道她们说什么，只怔怔地看着饭菜垂泪。 直等大家都吃完，才一齐散了出来。 我自从这一顿饭后，心里更觉得难受了，这一夜翻来覆去，无论如何睡不着，看那清碧的月光，从树梢上移到我屋子的窗棂上，又移到我的枕上，直至月光充满了全屋，我还不曾入梦，只听见那四个同学呼声雷动，更感焦躁，那眼泪又不由自主地流下来了。 直到天快亮，这才迷迷糊糊睡了一觉。

"第二天的饭菜，依旧是不能下箸。 那个小朋友知道这消息，到吃饭的时候，特把她家里送来的菜，拨了一半给我，我才吃了一顿饱饭，这种苦楚直挨了两个星期，才略觉习惯些。 我因为这个小朋友待我极好，因此更加亲热。 直到我家里搬到天津去，我才离开这学校，我的小朋友也回通州去了。 以后我已经十三岁了，我的小朋友十二岁，我们一齐都进公立某小学校，后来她因为想学医到别处去。 我们五六年不见，想不到前年她又到北京来，我们因又得欢聚，不过现在她又走了——听说她已和人结婚——很不得志，得了肺病，将来能否再见，就说不定了。

"你们说人生聚散有一定吗？"露沙说完，兀自不住声地叹息。 这时公园游人已渐渐散尽，大家都有倦意。 因趁着光慢慢散步出园来，一同雇车回学校去。

　　露沙自从上海回来后，宗莹和云青、玲玉，都觉格外高兴。　这时候她们下课后，工作的时候很少，总是四个人拉着手，在芳草地上，轻歌快谈。　说到快意时，便哈天扑地地狂笑，说到凄楚时便长吁短叹，其实都脱不了孩子气，什么是人生！　什么是究竟！　不过嘴里说说，真的苦趣还一点没尝到呢！

三

　　光阴快极了，不觉又过了半年，不解事的露沙、玲玉、云青、宗莹、莲裳，不幸接二连三都卷入愁海了。

　　第一个不幸的便是露沙，当她幼年时饱受冷刻环境的熏染，养成孤僻倔强的脾气，而她天性又极富于感情，所以她竟是个智情不调和的人。　当她认识那青年梓青时，正在学潮激烈的当儿。　天上飘着鹅毛片般的白雪，空中风声凛冽，她奔波道途，一心只顾怎么开会，怎么发宣言，和那些青年聚在一起，讨论这一项，解决那一层，她初不曾预料到这一点的，因而生出绝大的果来。

　　梓青是个沉默孤高的青年，他的议论最彻底，在会议的席上，他不大喜欢说话，但他的论文极多，露沙最喜欢读他的作品，在心流的沟里，她和他不知不觉已打通了，因此不断地通信，从泛泛的交谊，变为同道的深契。　这时露沙的生趣勃勃，把从前的冷淡态度，融化许多，她每天除上课外，便是到图书馆看书，看到有心得，她或者作短文，和梓青讨论；或者写信去探梓青的见解，在这个时期里，她的思想最有进步，并且她又开拓研究哲学，把从前懵懵懂懂的态度都改了。

有一天正上哲学课，她拿着一支铅笔记先生口述的话。那时先生正讲人生观的问题，中间有一句说："人生到底做什么？"她听了这话，忽然思潮激涌，停了手里的笔，更听不见先生继续讲些什么，只怔怔地盘算，"人生到底做什么？……牵来牵去，忽想到恋爱的问题上去——青年男女，好像是一朵含苞未放的玫瑰花，美丽的颜色足以安慰自己，诱惑别人；芬芳的气息，足以满足自己，迷恋别人。但是等到花残了，叶枯了，人家弃置，自己憎厌，花木不能躲时间空间的支配，人类也是如此，那么人生到底做什么？……其实又有什么可做？恋爱不也是一样吗？青春时互相爱恋，爱恋以后怎么样？……不是和演剧般，到结局无论悲喜，总是空的呵！并且爱恋的花，常常衬着苦恼的叶子，如何跳出这可怕的圈套，清净一辈子呢？……"她越想越玄，后来弄得不得主意，吃饭也不正经吃，有时只端着饭碗拿着筷子出神，睡觉也不正经睡，半夜三更坐了起来发怔，甚至于痛哭了。

这一天下午，露沙又正犯着这哲学病，忽然梓青来了一封信，里头有几句话说："枯寂的人生真未免太单调了！……唉！什么时候才得甘露的润泽，在我空漠的心田，开朵灿烂的花呢？……恐怕只有膜拜'爱神'，求她的怜悯了！"这话和她的思想，正犯了冲突。交战了一天，仍无结果。到了这一天夜里，她勉勉强强写了梓青的回信，那话处处露着彷徨矛盾的痕迹。到第二天早起重新看看，自己觉得不妥。因又撕了，结果只写了几个字道："来信收到了，人生不过尔尔，苦也罢，乐也罢，几十年全都完了，管他呢！且随遇而安吧！"

活泼泼的露沙，从此憔悴了！消沉了！对于人间时而信，时而疑，神经越加敏锐，闲步到中央公园，看见鸭子在铁栏里游泳，她便想到，人生和鸭子一样地不自由，一样地愚钝，人生到底做什么？听见鹦鹉叫，她便想到人们和鹦鹉一样，刻板地说那几句话，一样的不能跳出那笼子的束缚。看见花落叶残便想到人的末路——死——仿佛天地间只有愁云满布，悲雾弥漫，无一不足引起她对世界的悲观，弄得精神衰颓。

露沙的命运是如此。云青的悲剧同时开演了，云青向来对于世界是极乐观的。她目的想作一个完美的教育家，她愿意到乡村的地方——绿山碧水的所在，召集些乡村的孩子，好好地培植她们，完成甜美的果树，对于露沙那种自寻苦恼的态度，每每表示反对。

这天下午她们都在校园葡萄架下闲谈，同级张君，拿了一封信来，递给露沙，她们都围拢来问："这是谁的信，我们看得吗？"露沙说："这是蔚然的信，有什么看不得的。"她说着因把信撕开，抽出来念道：

　　露沙君：

　　　　不见数月了！我近来很忙。没有写信给你，抱歉得很！你近状如何？念书有得吗？我最近心绪十分恶劣，事事都感到无聊的痛苦，一身一心都觉无所着落，好像黑夜中，独驾扁舟，漂泊于四无涯际，深不见底的大海汪洋里，彷徨到底点了呵！日前所云事，曾否进行，有效否，极盼望早得结果，慰我不定的心。别的再谈。

　　　　　　　　　　　　　　　　　　　　　蔚然

　　宗莹说："这个人不就是我们上次在公园遇见的吗？……他真有趣，抱着一大捆讲义，睡在椅子上看，……他托你什么事？……露沙！"

　　露沙沉吟不语，宗莹又追问了一句，露沙说："不相干的事，我们说我们的吧！时候不早，我们也得看点书才对。"这时玲玉和云青正在那唧唧哝哝商量星期六照相的事，宗莹招呼了她们，一齐来到讲堂。玲玉到图书室找书预备作论文，她本要云青陪她去，被露沙拦住说："宗莹也要找书，你们俩何不同去。"玲玉才舍了云青，和宗莹去了。

　　露沙叫云青道："你来！我有话和你讲。"云青答应着一同出来，她们就在柳荫下，一张凳子上坐下了。露沙说：

"蔚然的信你看了觉得怎样？"云青怀疑着道："什么怎么样？我不懂你的意思！"露沙说："其实也没有什么！……我说了想你也不至于恼我吧？"云青说："什么事？你快说就是了。"露沙说："他信里说他十分苦闷，你猜为什么？……就是精神无处寄托，打算找个志同道合的女朋友，安慰他灵魂的枯寂！他对于你十分信任，从前和我说过好几次，要我先容，我怕碰钉子，直到如今不曾说过，今天他又来信，苦苦追问，我才说了，我想他的人格，你总信得过，做个朋友，当然不是大问题是不是？"云青听了这话，一时没说什么，沉思了半天说："朋友原来不成问题，……但是不知道我父亲的意思怎样？等我回去问问再说吧！"……露沙想了想答道："也好吧！但希望快点！"她们谈到这里，听见玲玉在讲堂叫她们，便不再往下说，就回到讲堂去。

露沙帮着玲玉找出《汉书·艺文志》来，混了些时，玲玉和宗莹都伏案作文章，云青拿着一本《唐诗》，怔怔凝思，露沙叉着手站在玻璃窗口，听柳树上的夏蝉不住声地嘶叫，心里只觉闷闷地，无精打采地坐在书案前，书也懒看，字也懒写。孤云正从外头进来，抚着露沙的肩说，"怎么又犯毛病啦，眼泪汪汪是什么意思呵！"露沙满腔烦闷悲凉，经她一语道破，更禁不住，爽性伏在桌上呜咽起来，玲玉、宗莹和云青都急忙围拢来，安慰她，玲玉再三问她为什么难受，她只是摇头，她实在说不出具体的事情来。这一下午她们四个人都沉闷无言，各人叹息各人的，这种的情形，绝不是头一次了。

　　冬天到了，操场里和校园中没有她们四人的影子了，这时她们的生活只在图书馆或讲堂里，但是图书馆是看书的地方，她们不能谈心，讲堂人又太多，到不得已时，她们就躲在栉沐室里，那里有顶大的洋炉子，她们围炉而谈，毫无妨碍。

　　最近两个星期，露沙对于宗莹的态度，很觉怀疑。宗莹向来是笑容满面，喜欢谈说的。现在却不然了，整日坐在讲堂，手里拿着笔在一张破纸上画来画去，有时忽向玲玉说："做人真苦呵！"露沙觉得她这种形态，绝对不是无因。这一天的第二课正好教员请假，露沙因约了宗莹到栉沐室谈心，露沙说："你有什么为难的事吗？"她沉吟了半天说："你怎么知道？"露沙说："自然知道，……你自己不觉得，其实诚于中形于外，无论谁都瞒不了呢！"宗莹低头无言，过了些时，她才对露沙说："我告诉你，但请你守秘密。"露沙说："那自然啦，你说吧！"

　　"我前几个星期回家，我母亲对我说有个青年，要向我求婚，据父亲和母亲的意思，都很欢喜他，他的相貌很漂亮，学问也很好，但只一件他是个官僚。我的志趣你是知道的，和官僚结婚多讨厌呵！而且他的交际极广，难保没有不规则的行动，所以我始终不能决定。我父亲似乎很生气，他说：'现在的女孩子，眼里哪有父母呵，好吧！我也不能强迫你，不过我觉得这是个好机会，我作父亲的有对你留意的责任，你若自己错过了，那就不能怨人，……据我看那青年，实在是不可多得的人才，将来至少也有科长的希望……'我被他这一番话说得真觉难堪，我当时一夜不曾合眼，我心里只恨为什么这么倒霉，若果始终要为父母牺牲，我何必念书进学校。 只过我六七年前小姐式的生活，早晨睡到十一二点起来，看看不相干的闲书，作两首滥调的诗，满肚皮佳人才子的思想，三从四德的观念，那么父母之命，媒妁之言，我自然遵守，也没有什么苦恼了！ 现在既然进了学校，有了知识，叫我屈伏在这种顽固不化的威势下，怎么办得到！ 我牺牲一个人不要紧，其奈良心上过不去，你说难不难？ ……"宗莹说到伤心时，泪珠儿便不断地滴下来。 露沙倒弄得没有主意了，只得想法安慰她说："你不用着急，天下没有不爱子女的父母，他绝不忍十分难为你……"

宗莹垂泪说："为难的事还多呢！ 岂止这一件。 你知道师旭常常写信给我吗？"露沙诧异道："师旭是不是那个很胖的青年？"宗莹道："是的。"……"他头一封信怎么写的？"露沙如此地问。 宗莹道："他提出一个问题和我讨论，叫我一定须答复，而且还寄来一篇论文叫我看完交回，这是使我不能不回信的原因。"露沙听完，点头叹道："现在的社交，第一步就是以讨论学问为名，那招牌实在是堂皇得很，等你真真和他讨论学问时，他便再进一层，和你讨论人生问题，从人生问题里便渲染上许多愤慨悲抑的感情话，打动了你，然后恋爱问题就可以应运而生了。 ……简直是作戏，所幸当局的人总是一往情深，不然岂不味同嚼蜡！"宗莹说："什么事不是如此？……作人只得模糊些罢了。"

她们正谈着，玲玉来了，她对她们做出娇痴的样子来，似笑似恼地说："啊哟！两个人像煞有介事，……也不理人家。"说着歪着头看她们笑。宗莹说："来！来！……我顶爱你！"一壁说，一壁走，过来拉着她的手。她就坐在宗莹的旁边，将头靠在她的胸前说："你真爱我吗？……真的吗？"……"怎么不真！"宗莹应着便轻轻在她手上吻了一吻。露沙冷冷地笑道："果然名不虚传，情迷碰到一起就有这么些做作！"玲玉插嘴道："咦！世界上你顶没有爱，一点都不爱人家。"露沙现出很悲凉的形状道："自爱还来不及，说得爱人家吗？"玲玉有些恼了，两颊绯红说："露沙顶忍心，我要哭了！我要哭了！"说着当真眼圈红了，露沙说："得啦！得啦！和你闹着玩呵！……我纵无情，但对于你总是爱的，好不好？"玲玉虽是哈哈地笑，眼泪却随着笑声滚了下来。正好云青找到她们处来，玲玉不容她开口，拉着她就走，说，"走吧！走吧！露沙一点不爱人家，还是你好，你永远爱我！"云青只迟疑地说："走吗？……真是的！"又回头对她们笑道："这是怎么回事？……你们不走吗？……"宗莹说："你先走好了，我们等等就来。"玲玉走后，宗莹说："玲玉真多情，……我那亲戚若果能娶她，真是福气！"露沙道："真的！你那亲戚现在怎么样？你这话已对玲玉说过吗？"宗莹说："我那亲戚不久就从美国回来了，玲玉方面我约略说过，大约很有希望吧！""哦！ 听说你那亲戚从前曾和另外一个女子订婚，有这事吗？"露沙又接着问。 宗莹叹道："可不是吗？ 现在正在离婚，那边执意不肯，将来麻烦的日子有呢！"露沙说："这恐怕还不成大问题，……只是玲玉和你的亲戚有否发生感情的可能，倒是个大问题呢。 ……听说现在玲玉家里正在介绍一个姓胡的，到底也不知什么结果。"宗莹道："慢慢地再说吧！ 现在已经下堂了。 底下一课文学史，我们去听听吧！"她们就走向讲堂去。

她们四个人先后走到成人的世界去了。 从前的无忧无愁的环境，一天一天消失。 感情的花，已如荼如火地开着，灿烂温馨的色香，使她们迷恋，使她们尝到甜蜜的爱的滋味，同时使她们了解苦恼的意义。

这一年暑假，露沙回到上海去，玲玉回到苏州去，云青和宗莹仍留在北京。 她们临别的末一天晚上，约齐了住在学校里，把两张木床合并起来，预备四个人联床谈心。 在傍晚的时候，她们在残阳的余辉下，唱着离别的歌儿道：

> 潭水桃花，故人千里，
> 离歧默默情深悬，
> 两地思量共此心！
> 何时重与联襟？
> 愿化春波送君去，

天涯海角相寻。

　　歌调苍凉，她们的声音越来越低，直至无声，露沙叹道："十年读书，得来只是烦恼与悲愁，究竟知识误我，我误知识？"云青道："真是无聊！记得我小的时候，看见别人读书，十分羡慕，心想我若能有了知识，不知怎样的快乐，若果知道越有知识，越与世界不相容，我就不当读书自苦了。"宗莹道："谁说不是呢？就拿我个人的生活说吧！我幼年的时候，没有兄弟姊妹，父母十分溺爱，也不许进学校，只请了一位老学究，教我读《毛诗》《左传》，闲时学作几首诗。一天也不出门，什么是世界我也不知道，觉得除依赖父母过我无忧无虑的生活外，没有一点别的思想，那时别人看我很可惜，甚至觉得我很可怜，其实我自己倒一点不觉得。后来我有一个亲戚，时常讲些学校的生活，及各种常识给我听，不知不觉中把我引到烦恼的路上去，从此觉得自己的生活，样样不对不舒服，千方百计和父母要求进学校。进了学校，人生观完全变了。不容于亲戚，不容于父母，一天一天觉得自己孤独，什么悲愁，什么无聊，逐件发明了。……岂不是知识误我吗？"她们三人的谈话，使玲玉受了极深的刺激，呆呆地站在秋千架旁，一语不发。云青无意中望见，因撇了露沙、宗莹走过来，拊在她的肩上说："你怎样了？……有什么不舒服吗？"玲玉仍是默默无言，摇摇头回过脸去，那眼泪便扑簌簌滚了下来。她们三人打断了话头，拉着她到栉沐室里，替她拭干了泪痕，谈些诙谐的话，才渐渐恢复了原状。

到了晚上，她们四人睡在床上，不住地讲这样说那样，弄到四点多钟才睡着了。 第二天下午露沙和玲玉乘京浦的晚车离开北京，宗莹和云青送到车站。 当火车头转动时，玲玉已忍不住呜咽起来。 露沙生性古怪，她遇到伤心的时候，总是先笑，笑够了，事情过了，她又慢慢回想着独自垂泪。 宗莹虽喜言情，但她却不好哭。 云青对于什么事，好像都不足动心的样子，这时对着渐去渐远的露沙、玲玉，只是怔怔呆望，直到火车出了正阳门，连影子都不见了，她才微微叹着气回去了。

在这分别的期中，云青有一天接到露沙的一封信说：

云青：

人间譬如一个荷花缸，人类譬如缸里的小虫，无论怎样聪明，也逃不出人间的束缚。回想临别的那天晚上，我们所说的理想生活——海边修一座精致的房子，我和宗莹开了对海的窗户，写伟大的作品；你和玲玉到临海的村里，教那天真的孩子念书，晚上回来，便在海边的草地上吃饭，谈故事，多少快乐——但是我恐怕这话，永久是理想的呵！你知道宗莹已深陷于爱情的漩涡里，玲玉也有爱剑卿的趋势。虽然这都是她们俩的事，至于我们呢？蔚然对于你陷溺极深，我到上海后，见过他几次，觉得他比从前沉闷多了,每每仰天长叹,好像有无限隐忧似的。我屡次问他,虽不曾明说什么,但对于你的渴慕仍不时流露出来。云青!你究竟怎么对付他呢?你向来是理智胜于感情的,其实这也是她们不到的观察,对于蔚然的诚挚,能始终不为所动吗?况且你对于蔚然的人格曾表示相信,那么你所以拒绝他的,岂另有苦衷吗?……

按说我的为人,在学校里,同学都批评我极冷淡寡情,其实人间的虫子,要想作太上的忘情,只是矫情罢了!不过有的人喜欢用情——即世上所谓的多情——有的不喜欢用情,一旦若是用了,更要比多情的深挚得多呢!我相信你不是无情,只是深情,你说是不是?

你前封信曾问我梓青的事,在事实上我没有和他发生爱情的可能,但爱情是没有条件的。外来的桎梏,正未必能防范得住呢。以后的结果,实不可预料,只看上帝的意旨如何罢了。

露沙

云青接到这封信,受了极大的刺激,用了两天两夜的思维,仍不能决定,她只得打电话叫宗莹来商量。 宗莹问她对于蔚然本身有无问题,云青答道:"我向来没有和男子们交接,我觉得男子可以相信的很少,至于蔚然的人格,我始终信仰,不过我向来理智强于感情,这事的结果,若是很顺当的,那么倒也没什么,若果我父母以为不应当……或者亲戚们有闲话，那我宁可自苦一辈子，报答他的情义，叫我勉强屈就是做不到的。"

宗莹听完这话，沉想些时说："我想你本身若是没有问题，那么就可以示意蔚然，叫他托人对你父母提出，岂不妥当吗？"云青懒懒道："大约也只有这么办了，……唉！ 真无聊……"她们商量妥当，宗莹也就回去了。

傍晚的时候，兰馨来找云青，谈话之间，便提到露沙。兰馨说："我前几天听见人说，露沙和梓青已发生恋爱了，但梓青已经结婚了，这事将来怎么办呢？"

云青怔怔地看着墙上的风景画出神，歇了半天说："这或者是人们的谣传吧！ ……我看露沙不至于这么糊涂！"

"咦！ 你也不要说这话，……固然露沙是极明白，不至于上当，但梓青的婚姻是父母强迫的，本没有爱情可言，他纵对于露沙要求情爱，按理说并不算大不道；不过社会上一般未免要说闲话罢了。 ……露沙最近有信吗？"

"有信，对于这事，她也曾说过，但她的主张，怕不至于就会随随便便和梓青结婚吧？ 她向来主张精神生活的，就是将来发生结婚的事情，也总得有相当的机会。"

"其实她近年来，在社会上已很有发展的机会，还是不结婚好，不然埋没了未免可惜……你写信还是劝她努力吧！"

她们正谈着，一阵电话铃响，原来是孤云找兰馨说话，因打断了她们的话头，兰馨接了电话。 孤云要约她公园玩去，她于是辞了云青到公园去。

云青等她走后，便独自坐在廊子底下，默默沉思，觉得："人生真是有限，像露沙那种看得破的人，也不能自拔！宗莹更不用说了……便是自己也不免宛转因物！"云青正在遐想的时候，只见听差走进来说有客来找老爷，云青因急急回避了，到屋里看了几页书，倦上来就收拾睡下。

第二天早晨，云青才起来，她的父亲就叫她去说话，她走进父亲的书房，只见她父亲皱着眉道："你认得赵蔚然吗？"云青听了这话，顿时心跳血涨，嗫嚅半天说："听见过这人的名字。"她父亲点头道："昨天伊秋先生来，还提起他，我觉得这个人太懦弱了，而且相貌也不魁梧，"一壁说着，一壁看着云青，云青只是低头无言。后来她父亲又道："我对于你的希望很大，你应当努力预备些英文，将来有机会，到外国走走才是。"说到这里，才慢慢站起来走了。

云青怔怔望着窗外柳丝出神，觉有无限怅惘的情绪萦绕心田，因到书案前，伸纸染毫写信给露沙道：

露沙：

前信甫发，接书一慰，因连日心绪无聊，未能即复，抱歉之至！来书以处世多磨，苦海无涯为言，知露沙感喟之深，子固生性豪爽者，读到"雄心壮志早随流水去"之句，令人不忍为设地深思也。"不享物质之幸福，亦不愿受物质之支配。"诚然！但求精神之愉快，闭门读书，固亦云唯一之希望，然岂易言乎？

宗莹与师旭定婚有期矣,闻宗莹因此事,与家庭冲突,曾陪却不少眼泪。究竟何苦来?所谓"有情人都成眷属"亦不过霎时之幻影耳。百年容易,眼见白杨萧萧,荒冢累累,谁能逃此大限?此诚"天下本无事庸人自扰之也"。渠结婚佳期闻在中秋,未知确否,果确,则一时之兴尚望露沙能北来共与其盛,未知如愿否?

玲玉事仍未能解决,而两方爱情则与日俱增,可怜!有限之精神,怎经如许消磨,玲玉为此事殊苦,不知冥冥之运命将何以处之也!嗟!嗟!造化弄人!

最后一段,欲不言而不得不言,此即蔚然之事,云自幼即受礼教之熏染。及长已成习惯,纵新文化之狂浪,汩没吾顶,亦难洗前此之遗毒,况父母对云又非恶意,云又安忍与抗乎?乃近闻外来传言,又多误会,以为家庭强制,实则云之自身愿为家庭牺牲,何能委责家庭。愿露沙有以正之!至于蔚然处,亦望露沙随时开导,云诚不愿陷人滋深,且愿终始以友谊相重,其他问题都非所愿闻,否则只得从此休矣!

思绪不宁,言失其序,不幸!不幸!不知无常之天道,伊于胡底也,此祝
健康!

云青

云青写完信后,就到姑妈家找表姊妹们谈话去了。

四

露沙由京回到上海以后，和玲玉虽隔得不远，仍是相见苦稀，每天除陪了母亲兄嫂姊妹谈话，就是独坐书斋，看书念诗。 这一天十时左右，邮差送信来，一共有五六封，有一封是梓青的信，内中道：

露沙吾友：

又一星期不接你的信了！我到家以来，只觉无聊。回想前些日子在京时，我到学校去找你，虽没有一次不是相对无言，但精神上已觉有无限的安慰，现在并此而不能，怅惘何极！

上次你的信说，有时想到将来离开了学校生活，而踏进恶浊的社会生活，不禁万事灰心，我现虽未出校，已无事不灰心了！平时有说有笑，只是把灰心的事搁起，什么读书，什么事业，只是于无可奈何中聊以自遣，何尝有真乐趣！——我心的苦，知者无人——然亦未始非不幸中之幸，免得他们更和我格格不入了。

我于无意中得交着你，又无意于短时间中交情深刻这步田地！这是我最满意的事，唉！露沙！这的确是我们一线的生机，有无上的价值！

说到"人生不幸"，我是以为然而不敢深思的，我们所想望的生活,并不是乌托邦,不可能的生活,都是人生应得的生活,若使我们能够得到应得的生活,虽不能使我们完全满意,聊且满意,于不幸的人生中,我们也就勉强自足了!露沙!我连这一层都不敢想到,更何敢提及根本的"人生不幸"!

你近来身体怎样,务望自重。有工夫多来信吧!此祝快乐!

梓青书

露沙接到信后,只感到万种凄伤,把那信翻来覆去看了无数遍,直到能背诵了,她还是不忍收起——这实在是她的常态,她生平喜思量,每逢接到朋友们的来信,总是这种情形——她闷闷不语,最后竟滴下泪来。 本想即刻写回信,恰巧蔚然来找,露沙才勉强拭干眼泪,出来相见。

这时已是黄昏了,西方的艳阳余辉,正射在玻璃窗上,由玻璃窗反折过来,正照在蔚然的脸上,微红而黑的两颊边,似有泪痕。 露沙很奇异地问道:"现在怎么样?"蔚然凄然说:"不知道为什么,这几天心绪恶劣,要想到西湖或苏州跑一趟,又苦于走不开,人生真是干燥极了!"露沙只叹了一声,彼此缄默约有五分钟,蔚然才问露沙道:"云青有信吗? ……我写了三封信去,她都没有回我,不知怎样,你若写信时,替我问问吧!"露沙说:"云青前几天有信来,她曾叫我劝你另外打主意,她恐怕终究叫你失望……她那个人做事十分慎重，很可佩服，不过太把自己牺牲了！……你对她到底怎样呢？"蔚然道："我对于她当然是始终如一，不过这事也并不是勉强得来的，她若不肯，当然作罢，但请她不要以此介介，始终保持从前的友谊好了。"露沙说："是呀！这话我也和她谈过，但是她说为避嫌疑起见，她只得暂时和你疏远，便是书信也拟暂时隔绝，等到你婚事已定后，再和你继续此前友谊……我想云青的心也算苦了，她对于你绝非无情，不过她为了父母的意见，宁可牺牲她的一生幸福……说到这里，我又想起今年春假，云青、玲玉、宗莹、莲裳，我们五个人，在天津住着。有一天夜里，正是月色花影互相厮并，红浪碧波，掩映斗媚。那时候我们坐在日本的神坛的草地上，密谈衷心，也曾提起这话，云青曾说对于你无论如何，终觉抱歉，因为她固执的缘故，不知使你精神上受多少创痕，……但是她也绝非木石，所以如此的原因，不愿受人訾议罢了。后来玲玉就说：这也没有什么訾议，现在比不得从前，婚姻自由本是正理，有什么忌讳呢？云青当时似乎很受了感动，就道："好吧！我现在也不多管了。叫他去进行，能成也罢，不成也罢！我只能顺事之自然，至于最后的奋斗，我没有如此大魄力——而且闹起来，与家庭及个人都觉得说来不好听……当日我们的谈话虽仅此，但她的态度可算得很明了。我想你如果有决心非她不可，你便可稍缓以待时机。"蔚然点头道："暂且不提好了。"

蔚然走后，玲玉恰好从苏州来，邀露沙明天陪她到吴淞去接剑卿去。 露沙就留她住在家里，晚饭后闲谈些时，便睡下了。 第二天早晨才五点多钟玲玉就从睡中惊醒，悄悄下了床梳好了头。 这时露沙也起来了，她们都收拾好了，已经到六点半。 因乘车到火车站，距开车才有十分钟忙忙买了车票，幸喜车上还有座位。 玲玉脸向车窗坐着，早晨艳阳射在她那淡紫色的衣裙上，娇美无比，衬着她那似笑非笑的双靥好像浓绿丛中的紫罗兰。 露沙对她怔怔望着，好像在那里猜谜似的。 玲玉回头问道："你想什么？ 你这种神情，衬着一身雪般的罗衣，直像那宝塔上的女石像呢！"露沙笑道："算了吧！ 知道你今天兴头十足，何必打趣我呢？"玲玉被露沙说得不好意思了。 仍回过头去，佯为不理。

半点钟过去了，火车已停在吴淞车站。 她们下了车，到泊船码头打听，那只美国来的船，还有两三个钟头才进口。 她们便在海边的长堤上坐下，那堤上长满了碧绿的青草。 海涛怒啸，绿浪澎湃，但四面寂寥。 除了草底的鸣蛩，抑抑悲歌外，再没有其他的音响和怒浪骇涛相应和了。

两点多钟以后，她们又回到码头上。 只见许多接客的人，已挤满了，再往海面一看，远远的一只海船，开着慢车冉冉而来。 玲玉叫道："船到了！ 船到了！"她们往前挤了半天，才占了一个地位，又等半天，那船才拢了岸。 鼓掌的欢声和呼唤的笑声，立刻充溢空际。 玲玉只怔怔向船上望着，望来望去终不见剑卿的影子，十分彷徨。 只等到许多人都下了船，才见剑卿提着小皮包，急急下船来。 玲玉走向前去，轻轻叫道："陈先生！"剑卿忙放下提包，握着玲玉的手道："哦！玲玉！我真快活极了！你几时来的？那一位是你的朋友吗？……"玲玉说："是的！让我给你介绍介绍。"因回过头对露沙道："这位是陈剑卿先生。"又向陈先生道："这位是露沙女士。"彼此相见过，便到火车站上等车。玲玉问道："陈先生的行李都安置了吗？"剑卿道："已都托付一个朋友了，我们便可一直到上海畅谈竟日呢！"玲玉默默无言，低头含笑，把一块绢帕叠来叠去。露沙只听剑卿缕述欧美的风俗人情。不久到了上海，露沙托故走了，玲玉和剑卿到半淞园去。到了晚上，玲玉仍回到露沙家里，住了一夜，第二天早上就回苏州。

过了几天，玲玉寄来一封信，邀露沙北上。这时候已经是八月的天气，风凉露冷，黄花遍地，她们乘八月初三早车北上。在路上玲玉告诉露沙，这次剑卿向她求婚，已经不能再坚执了。现在已双方求家庭的通过，露沙因问她剑卿离婚的手续已办没有。玲玉说："据剑卿说，已不成问题，因为那个女子已经有信应允他。不过她的家人故意为难，但婚姻本是两方同意的结合，岂容第三者出来勉强，并且那个女子已经到英国留学去了。……不过我总觉得有些对不住那个女子罢了！"露沙沉吟道："你倒没什么对不住她。不过剑卿据什么条件一定要和这女子离婚呢？"玲玉道："因为他们定婚的时候，并不是直接的，其间曾经第三者的介绍，而那个介绍人又不忠实，后来被剑卿知道了，当时气得要死，立刻写信回家，要求家里替他离婚，而他的家庭很顽固，去信责备了他一顿，他想来想去没有办法，只有自己出马，当时写了一封信给那个女子，陈说利害。那个女子倒也明白，很爽快就答应了他，并且写了一封信给她的家人，意思是说，婚姻大事，本应由两个男女，自己做主，父母所不能强逼，现在剑卿既觉得和她不对，当然由他离异等语。不过她的家人，十分不快，一定不肯把订婚的凭证退还，所以前此剑卿向我求婚，我都不肯答应。……但是这次他再三地哀求，我真无法了，只得答应了他。好在我们都有事业的安慰，对于这些事都可随便。"露沙点头道："人世的祸福正不可定，能游戏人间也未尝不是上策呢。"

玲玉同露沙到北京之后，就在中学里担任些钟点，这时她们已经都毕业了。云青、宗莹、露沙、玲玉都在北京，只有莲裳到天津女学校教书去了。莲裳在天津认识了一个姓张的青年，不久他们便发生了恋爱，在今年十月十号结婚，她们因约齐一同到天津去参与盛典。

莲裳随遇而安的天性，所以无论处什么环境，她都觉得很快活。结婚这一天，她穿着天边彩霞织就的裙衫，披着秋天白云网成的软绡，手里捧着满蓄着爱情的玫瑰花，低眉凝容，站在礼堂的中间。男女来宾有的啧啧赞好，有的批评她的衣饰。只有玲玉、宗莹、云青、露沙四个人，站在莲裳的身旁，默默无言。仿佛莲裳是胜利者的所有品，现在已被胜利者从她们手里夺去一般，从此以后，往事便都不堪回忆！

海滨的联袂倩影，现在已少了一个。 月夜的花魂不能再听见她们五个人一齐的歌声。 她们越思量越伤心，露沙更觉不能支持，不到婚礼完她便悄悄地走了，回到旅馆里伤感了半天，直至玲玉她们回来了，她兀自泪痕不干，到第二天清早便都回到北京了。

从天津回来以后，露沙的态度，更见消沉了。 终日闷闷不语，玲玉和云青常常劝她到公园散心去，露沙只是摇头拒绝。 人们每提到宗莹，她便泪盈眼帘，凄楚万状！ 有一天晚上，月色如水，幽景绝胜，云青打电话邀她家里谈话，她勉强打起精神，坐了车子，不到一刻钟就到了。 这时云青正在她家土山上一块云母石上坐着，露沙因也上了山，并肩坐在那块长方石上。 云青说："今夜月色真好，本打算约玲玉、宗莹我们四个人，清谈竟夜，可恨剑卿和师旭把她们俩绊住了不能来——想想朋友真没交头，起初情感浓挚，真是相依为命，到了结果，一个一个都风流云散了，回想往事，只恨多余！ 怪不得我妹妹常笑我傻。 我真是太相信人了！"露沙说："世界上的事情，本来不过尔尔，相信人，结果固然不免孤零之苦，就是不相信人，何尝不是依然感到世界的孤寂呢？ 总而言之，求安慰于善变化的人类，终是不可靠的，我们还是早些觉悟，求慰于自己吧！"露沙说完不禁心酸，对月怅望，云青也觉得十分凄楚，歇了半天，才叹道："从前玲玉老对我说：同性的爱和异性的爱是没有分别的，那时我曾驳她这话不对，她还气得哭了，现在怎么样呢？"露沙说："何止玲玉如此？ 便是宗莹最近还有信对我说'十年以后同退隐于西子湖畔'呢！ 那一句是可能的话，若果都相信她们的话，我们的后路只有失望而自杀罢了！"

她们直谈到夜深更静，仍不想睡。 后来云青的母亲出来招呼她们去睡，她们才勉强进去睡了。

露沙从失望的经验里，得到更孤僻的念头，便是对于最信仰的梓青，也觉淡漠多了。 这一天正是星期六，七点多钟的时候，梓青打电话来邀她看电影，她竟拒绝不去，梓青觉得她的态度很奇怪。 当时没说什么，第二天来了一封信道：

露沙！

我在世界上永远是孤零的呵！人类真正太惨刻了！任我流涸了泪泉，任我粉碎了心肝，也没有一个人肯为我叫一声可怜！更没有人为我洒一滴半滴的同情之泪！便是我向日视为一线的光明，眼见得也是暗淡无光了！唉！露沙！若果你肯明明白白告诉我说："前头没有路了！"那么我决不再向前多走一步，任这一钱不值的躯壳，随万丈飞瀑而去也好；并颓岩而同堕于千仞之深渊也好；到那时我一切顾不得了。就是残苛的人类，打着得胜鼓宣布凯旋，我也只得任他了……唉！心乱不能更续，顺祝

康健！

梓青

露沙看完这封信，心里就像万弩齐发，痛不可忍，伏在枕上呜咽悲哭，一面自恨自己太怯弱了！人世的谜始终打不破，一面又觉得对不住梓青，使他伤感到这步田地，智情交战，苦苦不休，但她天性本富于感情，至于平日故为旷达的主张，只不过一种无可如何的呻吟。到了这种关头，自然仍要为情所胜了，况她生平主张精神的生活。她有一次给莲裳一封信，里头有一段说：

"许多聪明人，都劝我说：'以你的地位和能力，在社会上很有发展的机会，为什么作茧自束呢？'这话出于好意者的口里，我当然是感激他，但是一方我却不能不怪他，太不谅人了！……如果人类生活在世界上，只有吃饭穿衣服两件事，那么我早就葬身狂浪怒涛里了，岂有今日？……我觉得宛转因物，为世所称倒不如行我所适，永垂骂名呢。干枯的世界，除了精神上，不可制止情的慰安外，还有别的可滋生趣吗？……"

露沙的志趣，既然是如此，那么对于梓青十二分恳挚的态度，能不动心吗？当时拭干了泪痕，忙写了一封信，安慰梓青道：

梓青：

你的来信，使我不忍卒读！我自己已是世界上最不幸的人了！何忍再拉你同入漩涡？所以我几次三番，想使你觉悟，舍了这九死一生的前途，另找生路，谁知你竟误会我的意思，说出那些痛心话来！唉！我真无以对你呵！

我也知道世界最可宝贵，就是能彼此谅解的知己，我在世上混了二十余年，不遇见你，固然是遗憾千古，既遇见你，也未尝不是凤孽呢？……其实我生平是讲精神生活的，形迹的关系有无，都不成问题，不过世人太苛毒了！对于我们这种的行径，排斥不遗余力，以为这便是大逆不道，含沙射影，使人难堪，而我们又都是好强的人，谁能忍此？因而我的态度常常若离若即，并非对你信不过，谁知竟使你增无限苦楚。唉！我除向你诚恳地求恕外，还有什么话可说！愿你自己保重吧！何苦自戕过甚呢？祝你精神愉快！

露沙

梓青接到信后，又到学校去会露沙，见面时，露沙忽触起前情，不禁心酸，泪水几滴了下来，但怕梓青看见，故意转过脸去，忍了半天，才慢慢抬起头来。梓青见了这种神情，也觉十分凄楚，因此相对默默，一刻钟里一句话也没有。后来还是露沙问道："你才从家里来吗？这几天蔚然有信没有？"梓青答道："我今天一早就出门找人去了，此刻从于农那里来，蔚然有信给于农，我这里有两三个礼拜没接到他的信了。"露沙又问道："蔚然的信说些什么？"梓青道：

"听于农说，蔚然前两个星期，接到云青的信，拒绝他的要求后，苦闷到极点了，每天只是拼命地喝酒。醉后必痛哭，事情更是不能做，而他的家里，因为只有他一个独子，很希望早些结婚，因催促他向他方面进行，究竟怎么样还说不定呢！不过他精神的创伤也就够了。……云青那方面，你不能再想法疏通吗？"

"这事真有些难办，云青又何尝不苦痛？但她宁愿眼泪向心里流，也绝不肯和父母说一句硬话。至于她的父母又不会十分了解她，以为她既不提起，自然并不是非蔚然不嫁。那么拿一般的眼光，来衡量蔚然这种没有权术的人，自难入他们的眼，又怎么知道云青对他的人格十分信仰呢？我见这事，蔚然能放下，仍是放下吧！人寿几何？容得多少磨折？"

梓青听见露沙的一席话，点头道："其实云青也太懦弱了！她若肯稍微奋斗一点，这事自可成功……如果她是坚持不肯，我想还劝蔚然另外想法子吧！不然怎么了呢？"说到这里，便停顿住了，后来梓青又向露沙说："……你的信我还没复你，……都是我对不住你，请你不要再想吧！"说到这里眼圈又红了。露沙说："不必再提了，总之不是冤家不聚头！……你明天若有工夫，打电话给我，我们或者出去玩，免得闷着难受。"梓青道："好！我明天打电话给你，现在不早了，我就走吧。"说着站起来走了。露沙送他到门口，又回学校看书去了。

　　宗莹本来打算在中秋节结婚，因为预备来不及，现在改在年底了。而师旭仿佛是急不可待，每日下午都在宗莹家里直谈到晚上十点，才肯回去，有时和宗莹携手于公园的苍松荫下，有时联舞于北京饭店跳舞场里，早把露沙和云青诸人丢在脑后了。有时遇到，宗莹必缕缕述说某某夫人请宴会，某某先生请看电影，简直忙极了，把昔日所谈的求学著书的话，一概收起。露沙见了她这种情形，更觉格格不入。有时觉得实在忍不住了，因苦笑对宗莹说："我希望你在快乐的时候，不要忘了你的前途吧！"宗莹听了这话，似乎很能感动她。但她确不肯认她自己的行动是改了前态，她必定说："我每天下午还要念两点钟英文呢！"露沙不愿多说，不过对于宗莹的情感，一天淡似一天，从前一刻不离的态度，现在竟弄到两三个星期不见面，纵见了面也是相对默默，甚至于更引起露沙的伤感。

　　宗莹结婚的上一天晚上，露沙在她家里住下，宗莹自己绣了一对枕头，还差一点不曾完工，露沙本不喜欢作这种琐碎的事，但因为宗莹的缘故，努力替她绣了两个玫瑰花瓣。这一夜她们家里的人忙极了，并且还来了许多亲戚，来看她试妆的。露沙嫌烦，一个人坐在她父亲的书房，替她作枕头。后来她父亲走了进来，和她谈话之间，曾叹道："宗莹真没福气呵！我替她找一个很好的丈夫她不要，唉！若果你们学校的人，有和那个姓祝的结婚，真是幸福！不但学问好，而且手腕极灵敏，将来一定可以大阔的。……他待宗莹也不算薄了，谁知宗莹竟看不上他！"露沙不好回答什么，只是含笑唯诺而已。 等了些时她父亲出去了，宗莹打发老妈子来请露沙吃饭。 露沙放下针线，随老妈子到了堂房，许多艳装丽服的女客，早都坐在那里，露沙对大家微微点头招呼了，便和宗莹坐一处。 这时宗莹收拾得额覆鬈发，凸凹如水上波纹，耳垂明珰，灿烂与灯光争耀，身上穿着玫瑰紫的缎袍，手上戴着订婚的钻石戒指，锐光四射。 露沙对她不住地端详，觉得宗莹变了一个人。 从前在学校时，仿佛是水上沙鸥，活泼清爽。 今天却像笼里鹦鹉，毫无生气，板板地坐在那里，任人凝视，任人取笑，她只低眉默默，陪着那些钗光鬓影的女客吃完饭。 她母亲来替她把结婚时要穿的礼服，一齐换上。 祖宗神位前面点起香烛，铺上一块大红毡子，叫人扶着宗莹向上叩了三个头。 后来她的姑母们，又把她父母请出来，宗莹也照样叩了三个头。 其余别的亲戚们也都依次拜过。 又把她扶到屋里坐着。 露沙看了这种情形，好像宗莹明天就是另外一个人了，从前的宗莹已经告一结束，又见她的父母都凄凄悲伤，更禁不住心酸，但人前不好落泪，仍旧独自跑到书房去，痛痛快快流了半天眼泪。 后来客人都散了，宗莹来找她去睡觉。 她走进屋子，一言不发，忙忙脱了外头衣服，上床脸向里睡下。 宗莹此时也觉得有些凄惶，也是一言不发地睡下，其实各有各的心事，这一夜何曾睡得着。 第二天天才朦胧，露沙回过脸来，看见宗莹已醒。 她似醉非醉，似哭非哭地道："宗莹！ 从此大事定了！"说着涕泪交流。 宗莹也觉得"从此大事定了"的一句话，十分伤心，不免伏枕呜咽。 后来还是露沙怕宗莹的母亲忌讳，忙忙劝住宗莹。 到七点钟大家全都起来了，忙忙地收拾这个，寻找那个，乱个不休。 到十二点钟，迎亲的军乐已经来了，那种悲壮的声调，更觉得人肝肠裂碎。 露沙等宗莹都装饰好了，握着她的手说："宗莹! 愿你前途如意! 我现在回去了，礼堂上没有什么意思，我打算不去，等过两天我再来看你吧!"宗莹只低低应了一声，眼圈已经红润了，露沙不敢回头，一直走了。

露沙回到家里，恹恹似病，饮食不进，闷闷睡了两天。有一天早起家里忽来一纸电报，说她母亲病重，叫她即刻回去。 露沙拿着电报，又急又怕，全身的血脉，差不多都凝住了，只觉寒战难禁。 打算立刻就走，但火车已开过了，只得等第二天的早车。 但这一下半天的光阴，真比一年还难挨。盼来盼去，太阳总不离树梢头，再一想这两天一夜的旅程，不独凄寂难当，更怕赶不上与慈母一面，疑怕到这里，心头阵阵酸楚，早知如此，今年就不当北来!

好容易到了黄昏。 宗莹和云青都闻信来安慰她，不过人到真正忧伤的时候，安慰绝不生效果，并且相形之下，更触起自己的伤心来。

夜深了，她们都回去，露沙独自睡在床上，思前想后，记得她这次离家时，母亲十分不愿意，临走的那天早起，还亲自替她收拾东西，叮嘱她早些回来，——如果有意外之变，将怎样？她越思量越凄楚！整整哭了一夜，第二天早起，匆匆上了火车。莲裳这时也在北京，她到车站送她，莲裳惝然的神情，使露沙陡怀起，距此两年前，那天正是夜月如水的时候，她到莲裳家里，问候她母亲的病，谁知那时她母亲正断了气。莲裳投在她怀里，哀哀地哭道："我从今以后没有母亲了！"呵！那时的凄苦，已足使她泪落声咽。今若不幸，也遭此境遇，将怎么办？觉得自己的身世真是可怜，七岁时死了父亲，全靠阿母保育教养。有缺憾的生命树，才能长成到如今，现在不幸的消息，又临到头上。……若果再没有母亲，伶仃的身世，还有什么勇气和生命的阻碍争斗呢？她越想越可怕，禁不住握着莲裳的手痛哭。莲裳见景伤情，也不免怀母陪泪，但她还极诚挚地安慰她说："你不要伤心，伯母的病或者等你到家已经好了，也说不定……并且这一路上，你独自一个，更须自己保重，倘若急出病来，岂不更使伯母悬心吗？"露沙这时却不过莲裳的情，遂极力忍住悲声。

后来云青和永诚表妹都来了。露沙见了她们，更由不得伤心，想每回南旋的时候，虽说和她们总不免有惜别的意思，但因抱着极大的希望——依依于阿母时下，同兄嫂妹妹等围绕于阿母膝前如何的快活，自然便把离愁淡忘了，旅程也不觉凄苦了。但这一次回去，她总觉得前途极可怕，恨不得立时飞到阿母面前。而那可恨的火车，偏偏迟迟不开，等了好久，才听铃响，送客的人纷纷下车，宗莹、莲裳她们也都和她握手言别，她更觉自己伶仃得可怜，不免又流下泪来。

在车上只是昏昏恹恹，好容易盼到天黑，又盼天亮，念到阿母病重，就如堕身深渊，浑身起栗，泪落不止。

不久车子到了江边，她独自下了车，只觉浑身疲软，飘飘忽忽上了渡船。在江里时，江风尖厉，她的神志略觉清爽，但望着那奔腾的江浪，只觉到自己前途的孤零和惊怕，唉！上帝！若果这时明白指示她母亲已经不在人间了，她一定要借着这海浪缀成的天梯，去寻她母亲去……

过了江，上了沪宁车，再有六七个钟头到家了，心里似乎有些希望，但是惊惧的程度，更加甚了，她想她到家时，或者阿母已经不能说话了，她心里要怎样的难受？……但她又想上帝或不至如此绝人——病是很平常的事，何至于一病不起呢？

那天的车偏偏又误点了，到上海已经十二点半钟，她急急坐上车奔回家去。离家门不远了，而急迫和忧疑的程度，也逐层加增，只有极力嘘气，使她的呼吸不至壅塞。车子将转弯了，家门可以遥遥望见，母亲所住的屋子，楼窗紧闭，灯火全熄，再一看那两扇黑门上，糊着雪白的丧纸。她这时一惊，只见眼前一黑，便昏晕在车上了，过了五分钟才清醒过来。等不得开门，她已失声痛哭了。等到哥哥出来开门时，麻衣如雪，涕泪交下，她无力地扑在灵前，哀哀唤母，但是桐棺三寸，已隔人天。露沙在灵前，哭了一夜，第二天更不支，竟寒热交作卧病一星期，才渐渐好了。

露沙在母亲的灵前守了一个月，每天对着阿母的遗照痛哭，朋友们来函劝慰，更提起她的伤心。她想她自己现在更没牵挂了，把从前朋友们写的信，都从书箱里拿出来，一封封看过，然后点起一把火烧了。觉得眼前空明，心底干净。并且决心任造物的播弄，对于身体毫不保重，生死的关头，已经打破。有一天夜里她梦见她的母亲来了，仿佛记起她母亲已死，痛哭起来，自己从梦中惊醒。掀开帐子一看，星月依稀，四境凄寂，悄悄下了床，把电灯燃起，对着母亲的照像又痛哭了一场。然后含泪写了一封信给梓青道：

梓青！

可怜无父之儿复抱丧母之恨，苍天何极，绝人至此——清夜挑灯，血泪沾襟矣！

人生朝露，而忧患偏多，自念身世，怆怀无限，阿母死后，益少生趣。沙非敢与造物者抗，似雨后梨花，不禁摧残，后此作何结局，殊不可知耳！

目下丧事已楚，友辈频速北上，沙亦不愿久居此地，盖触景伤情，悲愁益不胜也！梓青来函，责以大义，高谊可感。唯沙经此折磨，灰冷之心，有无复燃之望，实不敢必。此后惟飘泊天涯，消沉以终身，谁复有心与利禄征逐，随世俗浮沉哉，望梓青勿复念我，好自努力可也。

沙已决明旦行矣。申江云树，不堪回首，嗟乎？冥冥天道，安可论哉？……

露沙

露沙写完信后，天已发亮。因把行李略略检楚，她的哥哥妹妹都到车站送她。临行凄凉，较昔更甚，大家洒泪而别。露沙到京时，云青曾到车站接她，并且告诉她，宗莹结婚后不到一个月，便患重病，现在住在医院里。露沙觉得人生真太无聊了！黄金时代已过，现在好像秋后草木，只有飘零罢了。

玲玉这时在上海，来信说半年以内就要结婚，露沙接信后，不像前此对于宗莹、莲裳那种动心了，只是淡淡写了一封贺她成功的信。这时露沙昔日的朋友，一个个都星散了。北京只剩了一个云青和久病的宗莹，至于孤云和兰馨，虽也在北京，但露沙轻易不和她们见面，所以她最近的生活，除了每天到学校里上课外，回来只有昏睡。她这时住在舅舅家里，表妹们看见她这样，都觉得很可忧的。想尽种种方法，来安慰她，不但不能止她的愁，而且每一提起，她更要痛哭。她的表妹知道她和梓青极好，恐怕能安慰她的只是他了，因给梓青写了一封信道：

梓青先生：

我很冒昧给你写信，你一定很奇怪吧？你知道我表姊近来的状况怎样吗？她自从我姑母死后，更比从前沉默了！每天的枕头上的泪痕,总是不干的,我们再三地劝慰,终无益于事,而她的身体本来不好,哪经得起此种的殷忧呢?你是她很好的朋友,能不能想个法子安慰她?我盼望你早些北来,或者可稍煞她的悲怀!

我们一家人,都为她担忧,因为她向来对于人世,多抱悲观,今更经此大故,难保没有意外的事情发生。……要说起她,也实在可怜,她自幼所遇见的事,已经很使她感觉世界的冷苛,现在母亲又弃她而去,一个人四海飘泊,再有勇气的人,也不禁要志馁心灰呵!你有方法转移她的人生观吗?盼望得很,再谈吧!此祝

康乐!

露沙的表妹上

露沙这一天早起,觉得头脑十分沉闷,因走到院子里站了半响,才要到屋里去梳头,听差的忽进来告诉她说,有一个姓朱的来访。她想了半天,不知道是谁,走到客厅,看见一个女子,面上微麻,但神情眼熟得很,好像见过似的,凝视了半天,才骇然问道:"你是心悟吗?我们三年多不见了! ……你从哪里来?前些日子竹荪有信来,说你去年出天花,很危险,现在都康全了?"心悟悒然道:"人事真不可料,我想不到活到二十几岁,还免不了出这场天灾,我早想写信给你,但我自病后心情灰冷,每逢提笔写信,就要触动我的伤感。人们都以为我病好了,来称贺我!其实能在那

时死了，比这样活着强得多呢！"露沙说："灾病是人生难免的，好了自然值得称贺，你为什么说出这种短气的话来？"心悟被露沙这么一问，仿佛受了极大的刺激般，低头哽咽，歇了半天，她才说："我这病已经断送了我梦想的前途，还有什么生趣？"露沙不明白她的意思，只为不过她一时的感触，不愿多说，因用别的话岔开，谈些江浙的风俗，心悟也就走了。

过了几天，兰馨来谈，忽问露沙："你知道你朋友朱心悟已经解除婚约了吗？"露沙惊道："这是怎么一回事，怪道那天她那样情形呢！"兰馨因问什么情形，露沙把当日的谈话告诉她。兰馨叹道："做人真是苦多乐少，像心悟那样好的人，竟落到这步田地，真算可怜！心悟前年和一个青年叫王文义的订婚，两个人感情极好，已经结婚有期，不幸心悟忽然出起天花来，病势十分沉重，直病了四个多月才好。好了之后脸上便落了许多麻点，其实这也算不得什么，偏偏心悟古怪心肠，她说：'男子娶妻，没一个不讲究容貌的，王文义当日再三向她求婚，也不过因爱她的貌，现在貌既残缺，还有什么可说，王文义纵不好意思提出退婚的话，而他的家人已经有闲话了。与其结婚后使王文义不满意，倒不如先自己退婚呢！'心悟这种的主张发表后，她的哥哥曾劝止她，无奈她执意不肯，无法只得照她的话办了。王文义起初也不肯答应，后来经不起家人的劝告，也就答应了。退婚之后心悟虽然达到目的，但从此她便存心逃世，现在她哥哥姊妹们都极力劝她。将来怎么样，还说不定呢！"兰馨说完了，露沙道："怎么年来竟是这些使人伤心的消息呵！心悟从前和我在中学同校时，是个极活泼勇进的人，现在只落得这种结果，唉！前途茫茫，怎能不使人望而生畏！"不久兰馨走了。露沙正要去看心悟，邮差忽送来一封信，是梓青寄的。她拆开看道：

露沙！露沙！

你真忍心自戕吗？固然世界上的人都是残忍的，但是你要想到被造物所播弄的，不止你一个人呵，你纵不爱惜自己，也当为那同病的人，稍留余地！你若绝决而去，那同病者岂不更感孤零吗？

露沙！我唯有自恨自伤，没有能力使你减少悲怀，但是你曾应许我做你唯一的知己，那么你到极悲痛的时候，也应为我设想，若果你竟自绝其生路，我的良心当受何种酷责？唉！露沙！在形式上，我固没有资格来把你孤寂的生活，变热闹了。而在精神上，我极诚恳地求你容纳我，把我火热的心魂，伴着你萧条空漠的心田，使她开出灿烂生趣的花，我纵因此而受任何苦楚，都不觉悔的。露沙！你应允我吧！

我到京已两日，但事忙不能立时来会你，明天下午我一定到你家里来，请你不要出去。别的面谈，祝你快活！

梓青

　　露沙看过信后，不免又伤感了一番，但觉得梓青待她十分诚恳，心里安慰许多，第二天梓青来看她，又劝她好些话，并拉她到公园散步，露沙十分感激他，因对梓青道："我此后的几月，只是为你而生！"梓青极受感动，一方面觉得露沙引自己为知己，是极荣幸的，但一方面想到那不如意的婚姻，又万感丛集，明知若无这层阻碍，向露沙求婚，一定可操左券，现在竟不能。　有一次他曾向露沙微露要和他妻子离婚的意思，露沙凄然劝道："身为女子，已经不幸！　若再被人离弃，还有生路吗？　况且因为我的缘故，我更何心？所谓我虽不杀伯仁，伯仁由我而死，不但我自己的良心无以自容，就是你也有些过不去，……不过我们相知相谅，到这步田地，申言绝交，自然是矫情。　好在我生平主张精神生活，我们虽无形式的结合，而两心相印，已可得到不少安慰。　况且我是劫后余灰，绝无心情，因结婚而委身他人，若果天不绝我们，我们能因相爱之故，在人类海里，翻起一堆巨浪，也就足以自豪了！"梓青听了这话，虽极相信露沙是出于真诚，但总觉得是美中不足，仍不免时时怅惘。

　　过了几个月，蔚然从上海寄来一张红帖，说他已与某女士订婚了，这帖子一共是两张，一张是请她转寄给云青的，云青接到帖子以后，曾作了一首诗贺蔚然道：

　　燕语莺歌，

不是赞美春光娇好，

是贺你们好事成功了！

祝你们前途如花之灿烂！

谢你们释了我的重担！

　　云青自得到蔚然订婚消息后，转比从前觉得安适了，每天努力读书，闲的时候，就陪着母亲谈话，或教弟妹识字，一切的交游都谢绝了，便是露沙也不常见。 有时到医院看看宗莹的病，宗莹病后，不但身体羸弱，精神更加萎靡，她曾对露沙说："我病若好了，一定极力行乐，人寿几何？ 并且像我这场大病，不死也是侥幸！ 还有什么心和世奋斗呢？"露沙见她这种消沉，虽有凄楚，也没什么话可说。

　　过了半年，宗莹病虽好了，但已生了一个小孩子，更不能出来服务了，这时云青全家要回南。 云青在北京读书，本可不回去，但因她的弟妹都在外国求学，母亲在家无人侍奉，所以她决计回去。 当临走的前一天，露沙约她在公园话别。 她们到公园时才七点钟，露沙拣了海棠荫下的一个茶座，邀云青坐下。 这时园里游人稀少，晨气清新，一个小女娃，披着满肩柔发，穿着一件洋式水红色的衣服，露出两个雪白的膝盖，沿着荷池跑来跑去，后来蹲在草地上，采了一大堆狗尾巴草，随身坐在碧绿的草上，低头凝神编玩意儿。露沙对着她怔怔出神，云青也仰头向天上之行云望着，如此静默了好久，云青才说："今天兰馨原也说来的，怎么还不见到？"露沙说："时候还早，再等些时大概就来了。……我们先谈我们的吧！"云青道："我这次回去以后，不知我们什么时候再见呢？"露沙说："我总希望你暑假后再来！不然你一个人回到孤僻的家乡，固然可以远世虑，但生气未免太消沉了！"云青凄然道："反正作人是消磨岁月，北京的政局如此，学校的生活也是不安定，而且世途多难，我们又不惯与人征逐，倒不如回到乡下，还可以享一点清闲之福。闭门读书也未尝不是人生乐事！"她说到这里，忽然顿住，想了一想又问露沙道："你此后的计划怎样？"露沙道："我想这一年以内，大约还是不离北京，一方面仍理我教员的生涯，一方面还想念点书，一年以后若有机会，打算到瑞士走走；总而言之，我现在是赤条条无牵挂了。做得好呢，无妨继续下去，不好呢，到无路可走的时候，碧玉宫中，就是我的归局了。"云青听了这话，露出很悲凉的神气叹道："真想不到人事变幻到如此地步，两年前我们都是活泼极的小孩子，现在嫁的嫁，走的走，再想一同在海边上游乐，真是做梦。现在莲裳、玲玉、宗莹都已有结果，我们前途茫茫，还不知如何呢。……我大约总是为家庭牺牲了。"露沙插言道："还不至如是吧！你纵有这心，你家人也未必容你如此。"云青道："那倒不成问题，只要我不点头，他们也不能把我怎样。"露沙道："人生行乐罢了，何必过于自苦！"云青道："我并不是自苦……不过我既已经过一番磨折，对于情爱的路途，已觉可怕，还有什么兴趣再另外作起？……昨天我到叔叔家里，他曾劝我研究佛经，我觉得很好，将来回家乡后，一切交游都把它谢绝，只一心一意读书自娱，至于外面的事，一概不愿闻问。若果你们到南方的时候，有兴来找我，我们便可在堤边垂钓，月下吹箫，享受清雅的乐趣，若有兴致，做些诗歌，不求人知，只图自娱。至于对社会的贡献，也只看机会许我否，一时尚且不能决定。"

她们正谈到这里，兰馨来了，大家又重新入座，兰馨说："我今天早起有些头昏，所以来迟！你们谈些什么？"云青说："反正不过说些牢骚悲抑的话。"兰馨道："本来世界上就没有不牢骚的人，何怪人们爱说牢骚话！……但是我比你们更牢骚呢！你知道吗？我昨天又和孤云生了一大场气。孤云的脾气可算古怪透了。幸亏是我的性子，能处处俯就她，才能维持这三年半的交谊，若是遇见露沙，恐怕早就和她绝交了！"云青道："你们昨天到底为什么事生气呢？"兰馨叹道："提起来又可笑又可气，昨天我有一个亲戚从南边来，我请他到馆子吃饭。我就打电话邀孤云来，因为我这亲戚，和孤云家里也有来往，并且孤云上次回南时也曾会过他，所以我就邀她来。谁知她在电话里冷冷地道：'我一个人不高兴跑那么远去。'其实她家住在东城，到西城也并不远，不过半点钟就到了！——我就说：'那么我来找你一同去吧！'她也就答应了。后来我巴巴从西城跑到东城，陪她一齐来，我待她也就没什么对不住她了。谁知我到了她家，她仍是做出十分不耐烦的样子说：'这怪热的天我真懒出去。'我说：'今天还不大热，好在路并不十分远，一刻就到了。'她听了这话才和我一同走了。到了饭馆，她只低头看她的小说，问她吃什么菜，她皱着眉头道：'随便你们挑吧。'那么我就挑了。吃完饭后，我们约好一齐到公园去。到了公园我们正在谈笑，她忽然板起脸来说：'我不耐烦在这里老坐着，我要回去，你们在这里畅谈吧！'说完就立刻嚷着'洋车！洋车'。我那亲戚看见她这副神气，很不好过，就说：'时候也不早了，我们一齐回去吧。'孤云说：'不必！你们谈得这么高兴，何必也回去呢？'我当时心里十分难过，觉得很对不住我那亲戚，使人家如此难堪！……一面又觉得我真不值！我自和她交往以来，不知赔却多少小心！在我不过觉得朋友要好，就当全始全终……并且我的脾气，和人好了，就不愿和人坏，她一点不肯原谅我，我想想真是痛心！当时我不好发作，只得忍气吞声，把她招呼上车，别了我那亲戚，回学校去。这一夜我简直不曾睡觉，想起来就觉伤心。"她说到这里，又对露沙说："我真信你说的话，求人谅解是不容易的事！我为她不知精神受多少痛楚呢！"

云青道："想不到孤云竟怪僻到这步田地。"露沙道："其实这种朋友绝交了也罢！……一个人最难堪的是强不合而为合，你们这种的勉强维持，两方都感苦痛，究竟何苦来？"

兰馨沉思半天道："我从此也要学露沙了！……不管人

们怎么样，我只求我心之所适，再不轻易交朋友了。 云青走后可谈的人，除了你（向露沙说）也没有别人，我倒要关起门来，求慰安于文字中。 与人们交接，真是苦多乐少呢！"云青道："世事本来是如此，无论什么事，想到究竟都是没意思的。"

她们说到这里，看看时候已不早，因一齐到今雨轩吃饭。 饭后云青回家，收拾行装，露沙、兰馨和她约好了，第二天下午三点钟车站见面，也就回去了。

云青走后，露沙更觉得无聊，幸喜这时梓青尚在北京，到苦闷时，或者打电话约他来谈，或者一同出去看电影。 这时学校已放了暑假，露沙更闲了，和梓青见面的机会很多，外面好造谣言的人，就说她和梓青不久要结婚，并且说露沙的前途很危险，这话传到露沙耳里，露沙十分不快，因写一封信给梓青说：

梓青！

吾辈凤以坦白自勉，结果竟为人所疑，黑白倒置，能无怅怅！ 其实此未始非我辈自苦，何必过尊重不负责任之人言，使彼喜含毒喷人者，得逞其伎俩，弄其狡狯哉？

沙履世未久，而怀惧已深！ 觉人心险恶，甚于蛇蝎！ 地球虽大，竟无我辈容身之地，欲求自全，只有去此浊世，同归于极乐世界耳！ 唉！ 伤哉！

沙连日心绪恶劣，盖人言啧啧，受之难堪！ 不知梓青亦有所闻否？世途多艰，吾辈将奈何？沙怯懦胜人，何况刺激频仍，脆弱之心房，有不堪更受惊震之忧矣！梓青其何以慰我？临楮凄惶，不尽欲言，顺祝康健！

露沙上

　　梓青接到信后，除了极力安慰露沙外，亦无法制止人言。过了几个月，梓青因友人之约，将要离开北京，但是他不愿抛下露沙一个人，所以当未曾应招之前，和露沙商量了好几次。露沙最初听见他要走，不免觉得怅怅，当时和梓青默对至半点钟之久，也不曾说出一句话来。后来回到家里，独自沉沉想了一夜，觉得若不叫梓青去，与他将来发展的机会未免有碍，而且也对不起社会，想到这里，一种激壮之情潮涌于心。第二天梓青来，露沙对他说："你到南边去的事情，你就决定了吧！我觉得这个机会，很可以施展你生平的抱负，……至于我们暂时的分别，很算不了什么，况我们的爱情也当有所寄托，若徒徒相守，不但日久生厌，而且也不是我们的夙心。"梓青听了这话，仍是犹疑不决道："再说吧！能不去我还是不去。"露沙道："你若不去，你就未免太不谅解我了！"说着凄然欲泣，梓青这才说："我去就是了！你不要难受吧！"露沙这才转悲为喜，和他谈些别后怎样消遣，并约年假时梓青到北京来。他们直谈到日暮才别。

　　云青回家以后曾来信告诉露沙，她近来生活十分清静，并且已开始研究佛经了，出世之想较前更甚，将来当买田造庐于山清水秀的地方，侍奉老母，教导弟妹，十分快乐。露沙听见这个消息，也很觉得喜慰，不过想到云青所以能达到这种的目的，因为她有母亲，得把全副的心情，都寄托在母亲的爱里，若果也像自己这样飘零的身世，……便怎么样？她想到这里不禁又伤感起来。

有一天露沙正在书房看《茶花女遗事》，忽接到云青的来信，里头附着一篇小说。露沙打开一看，见题目是《消沉的夜》，其内容是：

"只见惨绿色的光华，充满着寂寞的小园，西北角的榕树上，宿着啼血的杜鹃，凄凄哀鸣，树荫下坐着个年约二十三四的女郎，凝神仰首。那时正是暮春时节，落花乱瓣，在清光下飞舞，微风吹皱了一池的碧水。那女郎沉默了半晌，忽轻轻叹了一口气，把身上的花瓣轻轻拂拭了，走到池旁，照见自己削瘦的容颜，不觉吃了一惊，暗暗叹道：'原来已憔悴到这步田地！'她如悲如怨，倚着池旁的树干出神，迷忽间，仿佛看见一个似曾相识的青年，对她苦笑，似乎说：'我赤裸裸的心，已经被你拿去了，现在你竟耍弄了我！唉！'那女郎这时心里一痛，睁眼一看，原来不是什么青年，只是那两竿翠竹，临风摇摆罢了。

"这时月色已到中天，春寒兀自威凌逼人，她便慢慢踱进屋里去了，屋里的月光，一样的清凉如水，她便拥衣睡下。朦胧之间，只见一个女子，身披白绢，含笑对她招手，她便跟了去。走到一所楼房前，楼下屋窗内，灯光亮极，她细看屋里，有一个青年的女子，背灯而坐，手里正拿着一本书，侧首凝神，好像听她旁边坐着的男子讲什么似的，她看那男子面容极熟，就是那个瘦削身材的青年，她不免将耳头靠在窗上细听。 只听那男子说：'……我早应当告诉你，我和那个女子交情的始末。 她行止很端庄，性情很温和，若果不是因为她家庭的固执，我们一定可以结婚了。 ……不过现在已是过去的事，我述说爱她的事实，你当不至怒我吧！'那青年说到这里，回头望着那女子，只见那女子含笑无言……歇了半响那女子才说：'我倒不怒你向我述说爱她的事实，我只怒你为什么不始终爱她呢？'那青年似露着悲凉的神情说：'事实上我固然不能永远爱她，但在我的心里，却始终没有忘了她呢！ ……'她听到这里，忽然想起那人，便是从前向她求婚的人，他所说女子，就是自己，不觉想起往事，心里不免凄楚，因掩面悲泣。 忽见刚才引她来的白衣女郎，又来叫她道：'已往的事，悲伤无益，但你要知道许多青年男女的幸福，都被这戴紫金冠的魔鬼剥夺了！ 你看那不是他又来了！'她忙忙向那白衣女郎手指的地方看去，果见有一个青面獠牙的恶鬼，戴着金碧辉煌的紫金冠。 那金冠上有四个大字是'礼教胜利'。 她看到这里，心里一惊就醒了，原来是个梦，而自己正睡在床上，那消沉的夜已经将要完结了，东方已经发出清白色了。"

露沙看完云青这篇小说，知道她对蔚然仍未能忘情，不禁为她伤感，闷闷枯坐无心读书。 后来兰馨来了，才把这事忘怀。 兰馨告诉她年假要回南，问露沙去不去，露沙本和梓青约好，叫梓青年假北来，最近梓青有一封信说他事情太忙，一时放不下，希望露沙南来，因此露沙就答应兰馨，和她一同南去。

到南方后，露沙回家。 到父母的坟上祭扫一番，和兄妹盘桓几天，就到苏州看玲玉。 玲玉的小家庭收拾得很好，露沙在她家里住了一星期。 后来梓青来找她，因又回到上海。

有一天下午，露沙和梓青在静安寺路一带散步，梓青对露沙说："我有一件事要和你商量，不知肯答应我不？"露沙说："你先说来再商量好了。"梓青说："我们的事业，正在发轫，必要每个同志集全力去作，才有成熟的希望，而我这半年试验的结果，觉得能实心踏地做事的时候很少，这最大的原因，就是因为悬怀于你……所以我想，我们总得想一个解决我们根本问题的方法，然后才能谈到前途的事业。"露沙听了这话，呻吟无言，……最后只说了一句："我们从长计议吧！"梓青也不往下说去，不久他们回去了。

过了几个月，云青忽接到露沙一封信道：

云青！

别后音书苦稀，只缘心绪无聊，握管益增怅惘耳。前接来函，藉悉云青乡居清适，欣慰无状！沙自客腊南旋，依旧愁怨日多，欢乐时少，盖飘萍无根，正未知来日作何结局也！时晤梓青，亦郁悒不胜；唯沙生性爽宕，明知世路险峻，前途多难，而不甘踯躅歧路，抑郁瘦死。前与梓青计划竟日，幸已得解决之策，今为云青陈之。

曩在京华沙不曾与云青言乎？梓青与沙之情爱，成熟已久，若环境顺适，早赋于飞矣，乃终因世俗之梗，凤愿莫遂！沙与梓青非不能铲除礼教之束缚，树神圣情爱之旗帜，特人类残苛已极，其毒焰足逼人至死！是可惧耳！

日前曾与梓青，同至吾辈昔游之地，碧浪滔滔，风响凄凄，景色犹是，而人事已非，怅望旧游，都作雨后梨花之飘零，不禁酸泪沾襟矣！

吾辈于海滨徘徊竟日，终相得一佳地，左绕白玉之洞，右临清溪之流，中构小屋数间，足为吾辈退休之所，目下已备价购妥，只待鸠工造庐，建成之日，即吾辈努力事业之始。以年来国事蜩螗，固为有心人所同悲。但吾辈则志不在斯，唯欲于此中留一爱情之纪念品，以慰此干枯之人生，如果克成，当携手言旋，同逍遥于海滨精庐；如终失败，则于月光临照之夜，同赴碧流，随三闾大夫游耳。今行有期矣，悠悠之命运，诚难预期，设吾辈卒不归，则当留此庐以飨故人中之失意者。

宗莹、玲玉、莲裳诸友，不另作书，幸云青为我达之。此牍或即沙之绝笔，盖事若不成，沙亦无心更劳楮墨以伤子之心也！临书凄楚，不知所云，诸维珍重不宣！

露沙书

云青接到信后，不知是悲是愁，但觉世界上事情的结局，都极惨淡，那眼泪便不禁夺眶而出。当时就把露沙的信，抄了三份，寄给玲玉、宗莹、莲裳。过了一年，玲玉邀云青到西湖避暑。秋天的时候，她们便绕道到从前旧游的海滨，果然看见有一所很精致的房子，门额上写着"海滨故人"四个字，不禁触景伤情，想起露沙已一年不通音信了，到底也不知道是成是败，屋迩人远，徒深驰想，若果竟不归来，留下这所房子，任人凭吊，也就太觉多事了！

她们在屋前屋后徘徊了半天，直到海上云雾罩满，天空星光闪烁，才洒泪而归。临去的一霎，云青兀自叹道："海滨故人！也不知何时才赋归来呵！"

今日春雨不住响地滴着，窗外天容惝淡，耳边风声凄厉，我静坐幽斋，思潮起伏，只觉怅然惘然！

去年的今天，正是我的朋友丽石超脱的日子，现在春天已经回来了，并且一样的风凄雨冷，但丽石那惨白梨花般的两靥，谁知变成什么样了！

丽石的死，医生说是心脏病，但我相信丽石确是死于心病，不是死于身病，她留下的日记，可以证实，现在我将她的日记发表了吧！

十二月二十一日

不记日记已经半年了。只感觉着学校的生活单调，吃饭，睡觉，板滞的上课，教员戴上道德的假面具，像俳优般舞着唱着，我们便像傻子般看着听着，真是无聊极了。

图书馆里，摆满了古人的陈迹，我掀开了屈原的《离骚》念了几页，心窃怪其愚——怀王也值得深恋吗？ ……

下午回家，寂闷更甚；这时的心绪，真微玄至不可捉摸……日来绝要自制，不让消极的思想入据灵台，所以又忙把案头的《奋斗》杂志来读。

晚饭后，得归生从上海来信——不过寥寥几行，但都系心坎中流出，他近来因得不到一个归宿地，常常自戕其身，白兰地酒，两天便要喝完一瓶，……他说："沉醉的当中，就是他忘忧的时候。"唉！可怜的少年人！感情的海里，岂容轻陷？固然指路的红灯，只有一盏，但是这"万矢之的"的红灯，谁能料定自己便是得胜者呢？

其实像海兰那样的女子，世界上绝不是仅有，不过归生是永远不了解这层罢了。

今夜因为复归生的信，竟受大困——的确我搜尽枯肠，也找不出一句很恰当的话，哪是足以安慰他的，……其实人当真正苦闷的时候，绝不是几句话所能安慰的哟！

十二月二十二日

今天因俗例的冬至节，学堂里放了一天假，早晨看姑母们忙着预备祭祖，不免起了想家的情绪，忆起"独在异乡为异客，每逢佳节倍思亲"怆然下泪！

姑丈年老多病，这两天更觉颓唐，干皱的面皮，消沉的心情，真觉老时的可怜！

午后沅青打发侍者送红梅来，并有一封信说："现由花厂买得红梅两株，遣人送上，聊袭古人寄梅伴读的意思。"我写了回信，打发来人回去，将那两盆梅花，放在书案的两旁，不久斜阳销迹，残月初升，那清淡的光华，正笼罩在那两株红梅上，更见精神。

今夜睡是极迟，但心潮波涌，入梦仍难，寂寞长夜，只有梅花吐着幽香，安慰这生的漂泊者呵！

十二月二十四日

穷冬严寒，朔风虎吼，心绪更觉无聊，切盼沅青的信，但是已经三次失望了。大约她有病吧？但是不至如此，因为昨天见面的时候，她依旧活泼泼地，毫无要病的表示呵，咳！除此还有别的原因吗？……我和她相识两年了，当第一次接谈时，我固然不能决定她是怎样的一个人，但是由我们不断的通信和谈话看来，她大约不至于很残忍和无情吧！……不过，"爱情是不能买预约券的，也不是一成不变的……"，变幻不测的人类，谁能认定他们要走的路呢？

下午到学校听某博士的讲演，不期遇见沅青，我的忧疑更深，心想沅青既然没有病，为什么不来信呢？当时赌气也不去理她，草草把演讲听完，愁闷着回家去了；晚饭懒吃，独坐沉思，想到无聊的地方，陡忆起佛经所说："菩萨畏因，众生畏果"，我不自造恶因，安得生此恶果？从此以后，谨慎造因吧！情感的漩涡里，只是愁苦和忌恨罢了，何如澄澈此心，求慰于不变的"真如"呢……想到这里，心潮渐平，不久就入睡乡了。

十二月二十五日

昨夜睡时，心境平稳，恶梦全无，今早醒来，不期那红灼灼的太阳，照满绿窗了。我忙忙自床上坐了起来，忽见桌上放着一封信，那封套的尺寸和色泽，已足使我澄澈的心紊乱了，我用最速的目力，把那信看完了，觉得昨天的忏悔真是多余，人生若无感情维系，活着究有何趣？春天的玫瑰花芽，不是亏了太阳的照拂，怎能露出娇艳的色泽？人类生活，若缺乏情感的点缀，便要常沦到干枯的境地了，昨天的芥蒂，好似秋天的浮云，一阵风洗净了。

下午赴漱生的约，在公园聚会，心境开朗，觉得那庄严的松柏，都含着深甜的笑容，景由心造，真是不错。

十二月二十六日

今天到某校看新剧，得到一种极劣的感想，——当我初到剧场时，见她们站在门口，高声哗笑着，遇见来宾由她们身边经过，她们总做出那骄傲的样子来，惹得那些喜趁机侮辱女性的青年，窃窃评论，他们所说的话，自然不是持平之论，但是喜虚荣的缺点，却是不可避免之讥呵！

下午雯薇来——她本是一个活泼的女孩，可惜近来却憔悴了——当我们回述着儿时的兴趣，过去的快乐，更比身受时加倍，但不久我们的论点变了。

雯薇结婚已经三年了，在人们的观察，谁都觉得她很幸福，想不到她内心原藏着深刻的悲哀，今天却在我面前发现了，她说："结婚以前的岁月，是希望的，也是极有生趣的，好像买彩票，希望中彩的心理一样，而结婚后的岁月，是中彩以后，打算分配这财产用途的时候，只感到劳碌，烦躁，但当阿玉——她的女儿——没出世之前，还不觉得，……现在才真觉得彩票中后的无趣了。孩子譬如是一根柔韧的彩线，把她捆了住，虽是厌烦，也无法解脱。"

四点半钟雯薇走了，我独自回忆着她的话，记得《甲必丹之女》①书里，有某军官与彼得的谈话说："一娶妻什么事都完了。"更感烦闷！

十二月二十七日

呵！我不幸竟病了，昨夜觉得心躁头晕，今天竟不能起床了，静悄悄睡在软藤的床上，变幻的白云，从我头顶慢慢经过，爽飒的风声，时时在我左右回旋，似慰我的寂寞。

我健全的时候，无时不在栗六中觅生活，我只领略到烦

---

① 现通译作《上尉的女儿》，普希金著。

搅和疲敝的滋味，今天我才觉得不断活动的人类的世界也有所谓"静"的境地。

我从早上八点钟醒来，现在已是下午四点钟了，我每回想到健全时的劳碌和压迫，我不免要恳求上帝，使我永远在病中，永远和静的主宰——幽秘之神——相接近。

我实在自觉惭愧，我一年三百六十日中，没有一天过的是我真愿过的日子，我到学校去上课，多半是为那上课的铃声所勉强，我恬静地坐在位子上，多半是为教员和学校的规则所勉强，我一身都是担子，我全心也都为担子的压迫，没有工夫想我所要想的。

今天病了，我的先生可以原恕我，不必板坐在书桌里，我的朋友原谅我，不必勉强陪着她们到操场上散步……因为病被众人所原谅，把种种的担子都暂且搁下，我简直是个被赦的犯人，喜悦何如？

我记得海兰曾对我说："在无聊和勉强的生活里，我只盼黑夜快来，并望永远不要天明，那么我便可忘了一切的烦恼了。"她也是一个生的厌烦者呵！

我最爱读元人的曲，平日为刻板的工作范围了，使我不能如愿，今夜神思略清，因拿了一本《元曲》就着烁闪的灯光细读，真是比哥伦布发现了新大陆还要快活呢！

我读到《黄粱梦》一折，好像身驾云雾，随着骊山老母的绳拂，上穷碧落了。我看到东华帝君对吕岩说："……把些个人间富贵，都作了眼底浮云，"又说："他每得道清平有几人？ 何不早抽身？ 出世尘，尽白云满溪锁洞门，将一函经手自翻；一炉香手自焚，这的是清闲真道本。"似喜似悟，唉！ 可怜的怯弱者呵！ 在担子底下奋斗筋疲力尽，谁能保不走这条自私自利的路呢！

每逢遇到不如意事时，起初总是愤愤难平，最后就思解脱，这何尝是真解脱，唉！ 只自苦罢了！

十二月二十九日

二十八日热度稍高，全身软疲，不耐作字，日记因阙，今早服了三粒"金鸡纳霜"，这时略觉清楚。

回想昨天情景，只是昏睡，而睡时恶梦极多，不是被逐于虎狼，就是被困于水火，在这恐怖的梦中，上帝已指示出人生的缩影了。

午后雯薇使人来问病，并附一信说："我吐血的病，三年以来，时好时坏，但我不怕死，死了就完了。"她的见解实在不错！ 人生的大限，至于死而已；死了自然就完了。 但死终不是很自然的事呵！ 不愿意生的人固不少，可是同时也最怕死；这大约就是滋苦之因了。

我想起雯薇的病因，多半是由于内心的抑郁，她当初做学生的时代，十分好强，自从把身体捐入家庭，便弄得事事不如人了——好强的人，只能听人的赞扬，不幸受了非议，所有的希望便要立刻消沉了。 其实引起人们最大的同情，只能求之于死后，那时用不着猜忌和倾轧了。

下午归生的信又来了，他除为海兰而烦闷外，没有别的话说，恰巧这时海兰也正来看我，我便将归生的信让她自己看去，我从旁边观察她的态度，只见她两眉深锁，双睛发直；等了许久，她才对我说："我受名教的束缚太甚了，……并且我不能听人们的非议，他的意思，我终久要辜负了，请你替我尽友谊的安慰吧！……这一定没有结果的希望！"她这种似迎似拒的心理，看得出她智情激战的痕迹。

正月一日

今天是新年的元旦，当我睡在床上，看小表妹把新日历换那旧的时，固然也感到日子的飞快，光阴一霎便成过去了。但跟着又成了未来，过去的不断过去，未来的也不断而来，浅近的比喻，就是一盏无限大的走马灯，究有什么意思！

今天看我病的人更多了，她们并且怕我寂寞，倡议在我房里打牌伴着我，我难却她们的美意，其实我实在不欢迎呢！

正月三日

我的病已经好了，今天沅青来看我，我们便在屋里围着火炉清谈竟日。

我自从病后，一直不曾和归生通信，——其实我们的情感只是友谊的，我从不愿从异性那里求安慰，因为和他们——异性——的交接，总觉得不自由。

沅青她极和我表同情，因此我们两人从泛泛的友谊上，而变成同性的爱恋了。

的确我们两人都有长久的计划，昨夜我们说到将来共同生活的乐趣，真使我兴奋！我一夜都是作着未来的快乐梦。

我梦见在一道小溪的旁边，有一所很清雅的草屋，屋的前面，种着两棵大柳树，柳枝飘拂在草房的顶上，柳树根上，拴着一只小船。那时正是斜日横窗，白云封洞，我和沅青坐在这小船里，御着清波，渐渐驰进那芦苇丛里去。这时天上忽下起小雨来，我们被芦苇严严遮住，看不见雨形，只听见淅淅沥沥的雨声。过了好久时已入夜，我们忙忙把船开回，这时月光又从那薄薄凉云里露出来，照得碧水如翡翠砌成，沅青叫我到水晶宫里去游逛，我便当真跳下水，忽觉心里一惊，就醒了。

回思梦境，正是我们平日所希冀的呵！

正月四日

今天因为沅青不曾来，只感苦闷！走到我和沅青同坐着念英文的地方，更觉得忽忽如有所失。

我独自坐在葡萄架下，只是回忆和沅青同游同息的陈事：玫瑰花含着笑容，听我们甜蜜的深谈，黄莺藏在叶底，偷看我们欢乐的轻舞，人们看见我们一样的衣裙，联袂着由公园的马路上走过，如何的注目呵！ 唉！ 沅青是我的安慰者，也是我的鼓舞者，我不是为自己而生，我实在是为她而生呢！

晚上沅青遣人送了一封信来说："亲爱的丽石！ 我决定你今天必大受苦闷了！ ……但是我为母亲的使命，不能不忍心暂且离开你。 我从前不是和你说过，我有一个舅舅住在天津吗？ 因为小表弟的周岁，母亲要带我去祝贺，大约至迟五六天以内，总可以回来，你可以找雯薇玩玩，免得寂寞！"我把这信，已经反覆看得能够背诵了，但有什么益处？ 寂寞益我苦！ 无聊使我悲！ 渴望增我怒！

正月十日

沅青走后，只觉恹恹懒动，每天下课后，只有睡觉，差强人意。

今天接到天津的电话，沅青今夜可以到京，我的心怀开放了，一等到柳梢头没了日影，我便急急吩咐厨房开饭；老妈子打脸水，姑母问我忙什么？ 我才觉得自己的忘情，不禁羞惭得说不出话来。

到了火车站，离火车到时还差一点多钟呢！ 这才懊悔来得太早了!

　　盼得心头焦躁了，望得两眼发酸了，这才听见呜呜汽笛响，车子慢慢进了站台，接客的人，纷纷赶上去欢迎他们的亲友，我只远远站着，对那车窗一个个望去；望到最后的一辆车子，果见沅青含笑望我招手呢！忙忙奔了过去，不知对她说什么好，只是嘻嘻对笑，出了站台，雇了车子一直到我家来，因为沅青应许我今夜住在这里。

正月十一日

　　昨夜和沅青说的话太多了，不免少睡了觉，今天觉得十分疲倦，但是因沅青的缘故，今夜依旧要睡得很晚呢！

　　今天沅青回家去了，但黄昏时她又来找我，她进我屋门的时候，我只乐得手舞足蹈！不过当我看她的面色时，不禁使我心脉狂跳，她双睛红肿，脸色青黄，好像受了极大的刺激。我禁不住细细追问，她说："没有什么，做人苦罢了！"这话还没说完，她的眼泪却如潮涌般滚下来，后来她竟伏在我的怀里痛哭起来，急得我不知怎样才好，只有陪着她哭。我问她为什么伤心，她始终不曾告诉我，晚上她家里打发车子来接她，她才勉强擦干眼泪走了。

　　沅青走后，我回想适才的情境，又伤心，又惊疑，想到她家追问她，安慰她，但是时已夜深，出去不便。只有勉强制止可怕的想头，把这沉冥的夜度过。

正月十二日

为了昨夜的悲伤和失眠，今天觉得头痛心烦，不过仍旧很早起来，打算去看沅青，我在梳头的时候，忽沅青叫人送封信来，我急急打开念道：

丽石！丽石！

人类真是固执的，自私的呵！我们稚弱的生命完全被他们支配了！被他们戕贼了！

我们理想的生活，被他们所不容，丽石！我真不忍使你知道这恶劣的消息！但是我们分别在即了，我又怎忍始终瞒你呢！

我的表兄他或者是个有为的青年——这个并不是由我观察到的，只是我的母亲对他的考语，他们因为爱我，要我与这有为的青年结婚，咳！丽石！你为什么不早打主意，穿上男子的礼服，戴上男子的帽子，装作男子的行动，和我家里求婚呢？现在人家知道你是女子，不许你和我结婚，偏偏去找出那什么有为的青年来了。

他们又仿佛很能体谅人，昨晚母亲对我说："你和表兄，虽是小时常见面的，但是你们的性情能否相合，还不知道，你舅舅和我的意思，都是愿意你到天津去读书，那么你们俩可以常见面，彼此的性情就容易了解了。如果合得来，你们就订婚，合不来再说。"丽石！母亲的恩情不能算薄，但是她终究不能放我们自由！

我大约下礼拜就到天津去。唉！丽石！从此天南地北，这离别的苦怎么受呢？唉！亲爱的丽石！我真不愿离开你，怎么办？你也能到天津来吗？……我希望你来吧！

唉！失望呵！上帝真是太刻薄了！我只求精神上一点的安慰，他都拒绝我！"沅青！沅青！"唉！我此时的心绪，只有怨艾罢了！

正月十五日

我自得到沅青要走的消息，第二天就病了，沅青虽刻刻伴着我，而我的心更苦了！这几天我们的生活，就如被判决的死囚，唉！我回想到那一年夏天，那时正是雨后，蕴泪的柳枝，无力地荡漾着，阶前的促织，窃窃私语着，我和沅青，相倚着坐在浅蓝色的栏杆上，沅青曾清清楚楚对我说："我只要能找到灵魂上的安慰，那可怕的结婚，我一定要避免。"现在这话，只等于往事的陈迹了！

雯薇怜我寂寞和失意，这两天常来慰我，但我深刻的悲哀，永远不能消除呵！

今天雯薇来时，又带了一个使我伤心的消息来，她告诉我说："可怜的欣于竟堕落了！"这实在使我惊异！"他明明是个志趣高尚的青年呵！"我这么沉吟着，雯薇说："是呵！志趣高尚的青年，但是为了生计的压迫，——结婚的结果——便把人格放弃了；他现在做了某党派的走狗，谄媚他的上司；只是为了四十块钱呵！ 可怜！"

唉！ 到处都是污浊的痕迹！

二月一日

懊恼中，日记又放置半月不记了，我真是无用！ 既不能彻悟，又不能奋斗，只让无情的造物玩弄！

沅青昨天的来信，更使我寒心，她说："丽石，我们从前的见解，实在是小孩子的思想，同性的爱恋，终久不被社会的人认可，我希望你还是早些觉悟吧！

"我表兄的确是个很有为的青年，他并且对我极诚恳，我到津后，常常和他聚谈，他事事都能体贴入微，而且能任劳怨！ ……"

唉！ 人的感情，真容易改变，不过半个月的工夫，沅青已经被人夺去了，人类的生活，大约争夺是第一条件了！

上帝真不仁，当我受着极大的苦痛时，还不肯轻易饶我，支使那男性特别显著的少年郦文来纠缠我，听说这是沅青的主意，她怕我责备，所以用这个好方法堵住我的口，其实她愚得很，恋爱岂是片面的？ 在郦文粗浮的举动里，时时让我感受极强的苦痛，其实同是一个爱字，若出于两方的同意，无论在谁的嘴里说，都觉得自然和神圣，若有一方不同意，而强要求满足自己的欲望，那是最不道德的事实，含着极大的侮辱。 郦文真使我难堪呵！ 唉！ 沅青何苦自陷，又强要陷人！

二月五日

今天又得到沅青的信，大约她和她表兄结婚，不久便可成事实。 唉！ 我不恨别的，只恨上帝造人，为什么不一视同仁，分什么男和女，因此不知把这个安静的世界，搅乱到什么地步。 ……唉！ 我更不幸，为什么要爱沅青！

我为沅青的缘故，失了人生的乐趣！ 更为沅青故得了不可医治的烦纤！

唉！ 我越回忆越心伤！ 我每作日记，写到沅青弃我，我便恨不得立刻与世长辞，但自杀我又没有勇气，抑郁而死吧！ 抑郁而死吧！

我早已将人生的趣味，估了价啦，得不偿失，上帝呵！只求你早些接引！ ……

我看着丽石的这些日记，热泪竟不自觉地流下来了。唉！ 我什么话也不能再多说了。

三月四日

　　北方的天气真冷，现在虽是初春的时序，然而寒风吹到脸上，仍是尖利如割，十二点多钟，火车蜿蜒的进了前门的站台，我们从长方式的甬道里出来，看见马路两旁还有许多积雪，虽然已被黄黑色的尘土玷污了，而在淡阳的光辉下，几自闪烁着白光。　屋脊上的残雪薄冰，已经被日光晒化了，一滴一滴的往下淌水。　背阴的墙角下，偶尔还挂着几条冰箸，西北风料峭的吹着。　我们雇了一辆马车坐上，把车窗闭得紧紧的，立刻觉得暖过气来。　马展开它的铁蹄，向前驰去，但是土道上满是泥泞，所以车轮很迟慢的转动着。　街上的一切很逼真的打入我们的眼帘，——街市上车马稀少，来往的行人，多半是缩肩驼背的小贩和劳动者——那神情真和五六年前不同了，一种冷落萧条的样子，使得我很沉闷的吁了一口长气。

　　马车出了城门，往南去街道更加狭窄，也很泥泞，马车的进度也越加慢了。　况且这匹驾车的马，又是久经风霜的老马，一步一蹶的挣扎着，后来走过转角的地方，爽性停住不动了；我向车窗外看了看，原来前面的两个车轮，竟陷入泥坑里去了。 一个瘦老的马夫，跳下车来，拼命的用鞭子打那老马，希望它把这已经沦陷的车轮，努力的拔起，这简直等于作梦，费了半天的精力，它只往上蹿了一蹿便立着不动了。 那个小车夫，也跳下车来，从后面去推动那车辆，然而沦陷得太深又加着车上的分量很重，人，箱子大约总有四五百斤吧，又怎样拔得起来呢？ 因此我们只得从车上下来，放在车顶上的箱子也都搬了下来，车上的分量减轻了，那马也觉得松动了，往前一挣，车轮才从泥水里拔了出来，我们重新上了车，这时我不禁吐了一口气——世途真太艰难了！

车子又走了许久，远远已看见一座耸立云端里的高楼，那是一座古老的祠堂，红色的墙和绿色的琉璃瓦，都现出久经风日的灰黯色来。 但是那已经很能使我惊心怵目，——使我想起六年前的往事，那是我母亲带着我们兄弟姊妹住在楼的东面——我姑妈的房子相邻比的那所半洋式的房子里，每天晨光照上纱窗的时候，我们就分头去上学，夕阳射在古楼的一角时，我们又都回来了，晚上预备完功课时都不约而同齐集在母亲的房里，谈讲学校里的新闻，或者听母亲述说她年轻的时候的遭遇，呵！ 这时怎样的幸福呢，然而一切都如电光石火转眼就都逝灭了。 这番归来的我，如失群的迷羊，如畸零的孤雁，母亲呢，早到了不可知的世界，因此哥哥妹妹也都各自一方，但是那高高的白墙，和蓝色的大门，依然是那样屹立于寒风淡阳里。 唉！ 我真不明白这短短的几

陈定秀、程俊英、王世瑛、庐隐"四公子"合影

程俊英、庐隐、罗静轩合影

庐隐与李唯建

庐隐与郭梦良

庐隐遗影

年，我竟尝尽人世的难苦，我竟埋葬了我的青春，人事不太飘渺了吗？我悄悄咽着泪，车已到门前了，我下车后我的心灵更感到紧张了，我怔怔的站在门口，车夫替我敲门，不久门开了，出来一个三十多岁的男仆向我上下打量了一番，问道："您找谁？"我镇定我的心神，告诉他我的来历。他知道我是侄小姐，立刻现出十三分的殷勤，替我接过手里的提箱。正在这时候，里面又出来一个四十多岁的女仆，我看她很面熟，但一时想不起她姓什么，她似也认得我，向我脸上注视半天，她失声叫道："您不是侄小姐吗？怎么几年不见就想不起来了呢？"我点头道："太太在家吗？""在家呢！快请里边去！"她说着便引着我进了那个月洞门，远远已看见姑妈站在阶沿等我呢。我一见她老人家——两鬓上添了许多银丝，面目添了不少的皱纹，比从前衰老多了，不禁一阵心酸，想到天真是无情，用烦苦惨伤的鞭子，将人们驱到死的路上去。——母亲是为烦苦忧伤而逝了，唉！这残年的姑妈呵！不久也是要去的，——我的泪哗哗的流下来了！我哽咽着喊了一声"姑妈"心里更禁不着酸凄了，泪珠就如同决了口的河水滚滚的打湿了衣襟，姑妈也是红着眼圈，颤声道："天气冷！快到屋里坐去，只怕还没有吃饭吧？"说着用那干枯的瘦手牵着我进去——屋里的火炉正熊熊的燃着，一股热气扑到脸上来，四肢都有了活跃的气，心呢，也似乎没有那么孤寒紧张了。我坐在炉旁的椅上，姑妈坐在我的对面的小床上，她用那昏花的老眼看了我许久，不禁叹道："我的儿！　我几年不见你，竟瘦了许多，本来也真难为你！　那一年你母亲病重，听说你在安徽教书，你哥哥打电报给你，你虽赶回去，但是已经晚了，……你母亲的病，来得真凶，听说前前后后不到五天就完了，我们得到电报真是好像半天空打了一个霹雳，……"姑妈说到这里也撑不着哭了，我更是忍不住痛哭，我们倾泻彼此久蓄的悲泪，好久好久才止住了。　姑妈打发我吃了些东西，她又忙着替弦收拾屋子，我依然怔坐在炉旁，心思杂乱极了。　正在这时候，忽听见院子里，许多脚步声和说话声，跟着进来了一大群的人，我仔细的一认，原来正是舅母、表嫂、表弟、表妹们，他们听说我来了，都来看我。　我让他们坐下后，我看见大舅母是更吃老了，表嫂也失却青春的丰韵，那些表弟妹都长大了。唉！　一切都变了，我心里忽感到一种说不出的滋味：又是怅惘，又是欣慰，他们也都细细的打量我，这时大家都是想说话，然而都想不起说那一句话，因此反倒默默无言了。

晚上姑妈请我吃饭，请他们做陪，在大家吃过几杯酒，略有些醉意的时候，才渐渐的谈起从前的许多事情来。　后来她们谈到我的爱人元涵的死，我的神经似乎麻木了，我不能哭，我也不能说话，只怔怔的站着，我失了魂魄，后来我的舅母抚着我的肩，一滴滴的眼泪，都滚落在我的头发上，我接受了这同情的泪，才渐渐恢复的情感。　我发现我的空虚了，我仿佛小孩般的扑在舅母的怀里痛哭，后来我的表妹念雪将我扶到床上睡下，她坐在我的身旁安慰我道："姊姊！

千万不要再伤心了，事情已经到了这个地步，只好扎挣点，保重你有用的身体吧——其实人世也没有永远不散的筵席，况且你对于元哥也很可以了，听说他病了一个多月，都是你看护他，他死时，也只有你在他跟前。 他一定可以安慰了，——现在你应当保重自己，努力你的事业才是，岂可以把这事放在心里，倘若伤坏了身体，九泉下的元哥一定也不安的，……你这次来，我本想请你到我们那里去住，不过我们那里也比不得从前了，自从父亲去世以后——真树倒猢狲散——没有作主的人，又加着我们家里的情形太复杂，所以一切都特别凌乱，因此我也不愿请你去；你暂且就住在姑妈这里吧，好在我们相隔不远，我可时时来陪伴你，唉！ 说起来真够伤心了，这才几年呵！ ……"念雪的眼圈红了，声音带着哽咽，我将头伏在枕上也是泪如泉涌。

今夜念雪因为怕我伤心，没有回去，就住在我这里，午夜醒来，看见窗前一片月光，冷森的照在寂静的院子里，我翻来覆去的睡不着，搅得念雪也醒了，俩人又谈了半夜的话，直到月光斜了，鸡声叫了，我们才又闭上疲倦的眼皮打了一个盹。

三月五日

今天天气很清明，太阳也似乎没有昨天那样黯淡，看见浅黄色的日光，射在水绿色的窗幔上，美丽极了。 从窗幔的空隙间，看见一片青天，澄澈清明，没有飘浮的云，仿佛月下不波的静海，偶尔有几只飞鸟从天空飞过，好像是水上的沙鸥。 我正在神驰的时候，听见壁上的自鸣钟响了十下，我知道时候不早了，赶紧翻身坐起，念雪早已打扮好了。

吃完了早点后，我就打电话通知朋友们来了，当然我是希望他们来看我，下午果然文生，萍云都来了，他们告诉我许多新消息。 文生并且已替我找好了事情——在一个书局里当编辑，萍云又告诉我某中学请我教书，当时我毫不迟疑的答应了，因为我自己很明白像我这样的心情，除了忙，实在没有更好的安慰了。

文生我们已经五年不见，他还是那样有兴趣，不时说些惹人笑的滑稽话，不过他待人很周到，他一眼就看出我近来的窘状，临走时他望我留下三十块钱。 但是我因此又想起元涵来了，他若不死我何至如此落魄——到处受别人的怜悯的眼光的注视呢！ 唉！ 元涵！！

文生走后，莹和秀来了，这是我幼年的好友，我们曾共同过着青春的美妙的生活，因此我们相见时所感到的也更深刻。 在彼此沉默以后，莹提议逛公园，我也很愿意去看看久别的公园；到公园时，柳枝依然是秃的，冷风也依然是砭人肌骨，只有河畔的迎春，它是吐露了春的消息，青黄色的蕊儿，已经在风前摇摆弄姿了。 我们沿着马路，绕了一圈，大体的样子虽还依稀可认，但是却也改变了不少，最使我触目的是那红绿交辉的十字回廊，平添了许多富丽的意味。 徘山上的小松树也长高了，河畔上的土墙也拆了，用铁栏杆作了河堤，我们在小茅亭里可以看见缓缓的春波，不休的将东流去，我们今天谈得高兴，一直到太阳下山了，晚霞灰淡了，我们才分途归去。

到家时舅母家的王妈正在那里等我呢，因为舅母今晚请我吃饭，我稍微歇了歇就同王妈走去了。

到了那里，表嫂们正围在炉旁谈天，见我进来都让我到堂屋坐——我来到堂屋只见桌上已摆了许多的糖果和瓜子花生。我们都坐好后，我舅母告诉表嫂说："今晚谁都不许提伤心的话，总得叫菁小姐快活快活。"念雪表妹听了这话就凑趣道："今晚我们吃完饭，还得来四圈呢，菁姊好久没和我打牌了，一定也赞成，是不是？"我没有说什么，只笑了笑。吃饭的时候她们要我喝酒，以为叫我开开心，那里晓得是酒到愁肠愁更愁。我喝了十杯上下就有点支持不住了，心幕被酒拉开了，一出出的悲剧涌上来，我的眼泪只在眼皮里乱转。但是最后我忍住了，我将咸涩的泪液悄悄的咽下去，她们看出我的神气不好，劝我去歇一歇，我趁着这个台阶忙忙的出了席，走到我表嫂屋里睡下，用被蒙住头悄悄的流泪，好久好久我竟睡着了，醒来时已经十二点了，他们打发马车送我回来。路上静寂极了！

三月六日

这几天的生活真不安定，亲友请吃饭，一天总有一两起，在那盛宴席上，我差不多是每泪和酒并咽的，然而这是他们的善意，我也无法拒绝，因此整天只顾忙碌，什么事都作不了。

今天上午文生请我到他家里吃便饭，没有喝酒，因此我倒吃了一顿安适的饭。 回家以后我告诉看门的：今天无论谁来都回绝他——只说我出去了，我打算今天下午定定心，写几封信——姑妈替我收拾的屋子幽雅极了，一间长方形的屋子，靠窗子摆了一张三尺来长的衣柜，柜面上放着两盆盛开的水仙，靠西边的墙角放着一盆淡白的梅花，一阵阵的香气不住的打入鼻孔。 我静静的坐在案前，打算给南方的哥哥妹妹写信，但是提起笔，还没有写上两三句便写不下去了。 心里只感到深切的怅惘，想到我离开上海的时候，哥哥送我上火车，在那汽笛尖利的声响里，哥哥握住我的手说："你既是心情不好，暂且到北京去散散也好，不过你哪一天觉得厌倦的时候，你哪一天再回来，我希望你不要太自苦……保重身体努力事业……"妹妹呢，更是依恋不舍的傍着我，火车开时，我见她还用手巾拭泪呢。 唉！ 一切的情景都逼真的在眼前，然而我们是已相去千里了。 况且我又是孤身作客，寄栖在姑妈家里，虽说她老人家很疼爱我，然而这也不是了局呵！ 前途茫茫，我将何以自解呢？ 唉！ 天呵！

我拭着泪把几封信勉强写完，忽接到我二哥哥寄来的快信——我来京的时候他同我的二嫂嫂都在宁波，所以他们并不知道我来，不过我临走的时候曾给他们一封信。

二哥的信上说："……我接到你的信，知道你到北京去了，我很不放心，你本是个多愁善感的人，况且现在又在失意中，到北京住在舅舅家里，又是个极复杂的环境，恐怕你一定很难过。 去年舅舅死后情形更坏了，至于姑妈呢，听说近来生意也不好，自然家境也就差了。 你当能再受什么委曲，所以我想你还是到宁波来吧，你若愿意请即电复，我当寄盘川给你，唉！ 自从母亲死后，我们弟兄姊妹各在一方，我每次想到就不免伤心，所以很希望你能来，我们朝夕相聚，也可以稍杀你的悲怀，你觉得怎样呢……"

我接到这封信，我的心又立刻紧张起来，我明知道二哥所说的都是实情，然而我才息征尘，又得跋涉，我实在感到疲乏；可是不走呢，倘若将来发生不如意事又将奈何？ 我真是委曲不下，晚上我去找文生和他谈了许久，但是结果他还是劝我不走，当夜我就写了一封长信复我二哥。

今天疲乏极了，十点钟就睡了。

三月七日

今天早起，文生打电话叫我十点钟到某书局去，——经理要和我细谈，我因怯生就请文生陪我去，他已答应我九点多钟来。　打完电话，表妹就来了，她说星痕下午来看我，我答应在家候他，不及多谈什么话，文生已经来了，我们一同到了书局的编辑处，遇见仰涤、玄文几个熟人，稍微应酬了几句，不久经理出来和我们相见——他坐在我的对面，态度很英爽，大约三十多岁，穿着一身靛青哔叽呢的西服，面貌很清秀，额上微微有几道皱纹，表示着很有思想的样子。　他见了我，说了许多闻名久仰的客气话后，慢慢就谈到请我到书局编辑教科书的事情，并告诉我每天八点钟到局，四点钟出局的办公规约，希望我明天就去工作，我暗想在家也是白坐着，就答应他，明天可以去。

　　我们由书局出来，文生到东城去看朋友，我就回家了。吃完午饭姑妈邀我同去市场买东西，回来的时候已经三点多了，心想星痕一定早来了，因忙忙跑到屋里，果然星痕正独自坐在案前，翻《小说月报》呢。　她见我进来抬头向我看过之后，用着慨叹的语调说道："你瘦了！"我握她的手，久久才答道："你也瘦了！"她眼圈一红低声道："本来同是天涯沦落人，你，你瘦我安得不瘦？"我听了这话更觉凄伤，只垂头注视地上的枯枝淡影，泪一滴一滴的泻下，星痕只紧紧握住我的手嘘了一口长气，彼此就在这沉寂中，温理心伤。

　　今天我们没有深谈，自然星痕她也是伤心人，她决不愿自己再用锥子去刺那尚未合口的创痕，因此只得缄默的度过这凄凉的黄昏，天快黑的时候她回去了。

三月八日

昨夜是抱着凄楚的心情安眠的，梦中走到一所花园，正是一个春天的花园，满园的红花绿草开得灿烂热闹，最惹人欣羡的是一丛白色的梨花，远远望去一片玉白，我悄悄的走到梨树下面的椅子坐下。忽见梨树背后站着一个青年男子，我心里吃了一惊，正想躲避，只见那男子叹息了一声叫道："菁妹！你竟不认识我了呵！"我听那声音十分耳熟，想了一想正是元涵的声音，我心里不觉一惊失声叫道："你怎么来到这里？……这又是个什么地方呢？"元涵指那一丛玉梨说道："这里叫作梨园，我为了看护这惨白的玉梨来到这所园中，……""为什么别的花都不用人看护呢？"我怀疑的问道，元涵很冷淡的说道："那些都是有主名花，自然没人敢来践踏，只有这玉梨是注定悲惨飘泊的命运，所以我特来看护她。"我听了简直不明白，正想再往下问，忽见那一丛梨树，排山倒海似的倒了下来，完全都压在我的身上，我吓醒了，睁眼一看四境阴黯，只见群星淡淡的幽光闪烁于人间。唉！奇异的梦境呵，元涵这真是你所要告诉我的吗？你真不放心你的菁妹吗？天呵！这到底是怎么一件事呢！我又大半夜没睡觉了。

天色才朦胧我就起来，今天是我第一天走入陌生的环境去工作，心情是紧张极了，我想那书局里的同事，用锋利的眼光注视我，分析我，够多么可怕呢？！所以我脚踏进公事房的时候，我禁不住心跳，我真像才出笼的一只怯鸟儿，悄悄的溜到我的公事桌前的椅上坐下，把白铜笔架上的新笔拔了下来，蘸得满满的墨汁，在一张稿纸上，写了"第一课"三个字，再应当写什么呢？一时慌乱得想不出来，只偷眼看旁边许多同事，一个个都在消磨灵魂呢，什么时候将灵魂消磨成了灰时，便是大归宿了。有时他们也偷眼瞧瞧我，从一两个惊奇的眼光中，我受了很深的刺激，只觉得他们正在讥笑我呢！似乎说，"你这么个女孩儿，也懂得编辑什么吗？"本来在我们的社会里，女人永远只是女人，除了作人的玩具似的妻，和奴隶似的管家婆以外，还配有其他的职业和地位吗？我越想越觉得他们这种含恶意的注视使我难堪，我只有硬着头皮，让他们爱怎么想就怎么想吧——我如同傻子似的坐了一上午，什么也没写出来，吃午饭的时候就溜了，下午也懒得去，打电话去请了半天假。

三月九日

今午到公事房去，恰好碰见仰涤了，他替我介绍了许多同事，情形比昨天好得多了，我的态度也比较自如了。

我们都一声不响用心构思，四境清静极了，只听见笔尖写在纸上唰唰的声音，和挪动墨水瓶，开墨盒盖的声音。但是有的时候，也可以听见一种很奇特的声音，好像机器房的机器震动的声音。 原来有一位三十左右的男同事，他每逢写文章写到得意的时候，他就将左腿放在右腿上面，右脚很匀齐的点着地板，于是发出这种声音来了。 我看了看他那种皱眉摇腿的表情惹起我许多的幻想来，我的笔停住了，我感觉到人类的伟大，在他们的灵府里，藏着整个的宇宙呢。 这宇宙里有艳凄的哀歌，有沉默深思，可以说什么都有，随他们的需要表现出来，这是真奇迹呢；但同时我也感到人类的渺小，他们为了衣食的小问题，卖了灵魂全部的自由，变成一架肉机器，被人支配被人奴使，……唉！ 复杂的人间，太不可议了。

> 下午回家的时候，接到星痕请客的短笺，我喜极了，拆开看见上面写道：菁姊！我今天预备一杯水酒替你洗尘，在座的都是几个想见你的朋友——那是几个不容于这世界的放浪人，想来你必不至讨厌的，希望你早来，我们可以痛快的喝他一个烂醉。
>
> 星痕

在短笺的后面，开明宴会的地点和时间，正是今日午后六点钟，我高兴极了，我觉得这两天在书局里工作，真把我拘束苦了，正想找个机会痛快痛快，星痕真知趣，她已窥到我的心曲了。

六点钟刚打我已到了馆子里，幸好星痕也来了，别的客人连影子都不见呢。　星痕问我这几天的新生活，我就从头到尾的述说给她听，她瞧着这种狼狈相不禁笑了说："你也太会想了。　人间就是人间，何必深思反惹苦恼！"我说："那你只好问天，为什么赋予我如是特别的脑筋吧！"星痕点了点头没有说什么。

　　半点钟以后客人陆续的来了，共有七个客人，除了我和星痕外都是三十以下的青年。　其中有几个我虽没会面，却是早已闻名，只有一个名叫剑尘的，我曾经在一个宴会席上见过一面，经星痕替我们彼此介绍后，大家就很自然的谈论起来。　我们仿佛都不懂什么叫拘束，什么叫客气，虽然是初会，但是都能很真实的说我们要说的话，所以不到半个钟头，彼此都深深认识了。　只有一个名叫为仁的我不大喜欢他，——因为他是带着些政客的臭味——虽然星痕告诉我他是学政治的，似乎这是必有的现象，然而我觉得人总是人，为什么学政治，就该油腔滑调呢?

　　今夜我喝了不少的酒，并且我没有哭——这实在出我所意料的，我今夜觉得很高兴，饭后星痕陪我回来，她今夜住在我这里。

三月十日

　　今天在公事房里编了一课书，题目是《剿匪》，我自己觉得很满意。　晚上回家的时候，接到剑尘给我一封信，他问我昨天醉了没有，并安慰我许多话，唉！　苦酒还是自己悄悄的咽下好，因为在人面前咽苦酒是苦上加苦的呵！

晚上我给剑尘写回信，我不想多说什么，无奈提起笔来便不由自主的写了许多，其中有几句我觉得很有记下来的必要，我说："我自己造成这种的命运，除了甘心生活于这种命运中有何说？！　——况且世界上还有比我所处更凄楚的环境的人，因为缺陷是这个世界必有的原则呵！……"

凄苦的命运是一首美丽的诗，我不愿从这首诗里逃出，而变成一篇平淡的散文呢；但是剑尘他哪里知道呵！　我青春的幻梦已随元哥消逝了，此后，此后呵，就是这样凄楚悲凉的过一生吧！

三月十三日

唉！　这几天真颓丧，每日行尸走肉般进公事房，手里的笔虽然已写秃了，但我自己都不明白，我为什么要这样压榨自己，将一个活人变成一座肉机器，只是为了吃饭呵！　太浅薄了！　当我放下笔的时候，就不禁要这么想一遍，我感到彷徨了，日子是毫不回头的，一天一天逝去，而且永不回来的逝去，我就随着它的逝去而逝去，也许终此生永远是这样逝去，天！　你能告诉我有什么深奥的意义吗？　唉，我彷徨极了。

下午剑尘打电话来，说熙文请我到便宜坊吃饭，我真懒得去，但是熙文一定坚持要我去，他知道今天是星期六没有什么事，我没法拒绝，只好勉强去了。

熙文今天请了十位客人，都是些什么博士学士太太，那一股洋气，真有些咄咄逼人的意味，我和他们真是有点应酬不来，我只俯着窗子看楼下的客人来往，而他们在那里高谈阔论，三句里必夹上一句洋文，我越听越不耐烦，心想这才是道地的人间，那洋而且俗的气味，真可以使人类的灵魂遭劫呢。

我一直沉默着，到吃饭的时候，我也是一声不响的拼命喝酒，我愿意快些醉死，我可以苏息我的灵魂，因此我一杯一杯的不断的狂吞，约莫也喝了二十几杯，我的世界变了，房子倒了似的乱动，人的脸一个变成两个三个，天地也不住的旋转，我什么都不知道了。

不知道过了多少时候，我清醒了，睁开眼一看，那些博士学士都走了，只剩下熙文和他的夫人汝玉坐在我的左边，剑尘站在我的跟前。他们见我醒来，汝玉用热手巾替我擦脸，我心里一阵凄酸，眼泪流满了衣襟，熙文道："这是怎么说呢？唉！"汝玉也怔怔的看着我叹气，剑尘跑到街上去买仁丹，我吃过仁丹之后略觉好些，汝玉扶我下楼，送我上了马车，剑尘陪我回来。

到家我吐了，吐后胸口虽是比较舒服，但是又失眠了，——今夜真好月色，冷静空明，照见窗外树影，有浓有淡，仿佛是一幅美丽的图画。月光渐渐射进屋来，正照在书案上的一角，那里摆着元哥的一张遗像，格外显得清秀超拔，但是这仅仅是一张幻影呵！ 我的元哥他究竟在哪里呢？此生可还能再见一面？ 唉！ 天！ 这是怎样的一个缺憾呵！ ——万劫千生不可弥补的一个缺憾！ 唉！ 元哥，我的青春之梦，就随你的毁灭而破碎了，我的心你也带走了！ 但是元哥你或者要怀疑我吧！ 有时我扮得自己如一朵醉人的玫瑰，我唱歌我跳舞……这些，这些，岂不都可以使你伤心吗？ 但是元哥这只是骗人自骗的把戏呵！ 盛宴散后，歌舞歇时，我依然是含着泪抚摸着刻骨的伤痕呢，唉，元哥你知道吗？ 聪明的灵魂！

三月十六日

今天下午我正想出去看文生，忽然见邮差站在我的门口，递给我一封信，我拆开看到：

绉菁：

你既是知道你的命运是由你自己造成的，那么你为什么不造一个比较更好的命运呢，为什么把自己永远沉在悲哀的海里呢？……我以为一个人，既是已经作了人，就应当时时想作人的事情，……但是你一定要问了：究竟什么是人应当作的事情呢？这自然又是很费讨论的一个问题，况且处在现在一切都无准则的年头，应当作什么事就更难说了。不过我觉得我们总当抱定一个宗旨,就是不管作什么事,都用很充分的兴趣去作,生活也应当很兴趣的去生活,如此也许要比较有意义些。

昨晚我送你回家以后,我脑子里一直深印着你那悲惨的印象,——你的脸色由红转白,由白转青,满头是汗,眼泪不住的流,站既站不着,坐又坐不稳,躺在藤椅上,真仿佛害大病的神气,我真不知怎样才好,纫菁!你太忍心的摧残自己了。

我不明白你为什么这样狂饮,借酒浇愁吗?而我不敢相信你的深愁是酒可以浇掉的,——并且你每喝酒每次总要流泪的,唉!纫菁!那么你的狂饮,是想糟踏自己吗?那犯得着吗?纫菁!我并不是捧你,以你的能力,的确很能作点有益社会国家的事,不但应当为自己谋出路,更当为一切众生谋出路。我们谈过几次话,我深知道你也并不是这样想,不过你总打不破已往的牢愁,所以我唯一的希望你,不要回顾过去的种种,而努力未来的种种,纫菁!你能允许我吗?

我看完了剑尘的信,我感激他待我的忠诚,我欣羡他有过人的魄力,但是我也发愁我自己的怯弱,唉! 我将怎样措置我这不安定的心呢?

三月二十日

日记又放下几天不记了，原因是这几天没有心情，其实有的时候也真无事可记，你想吧！ 世界上那一个不是依样葫芦的生活着——吃饭睡觉跑街反正是这一套——自然我有的时候是为了懒呢。

自从那次在便宜坊喝醉了以后，三四天以来头痛，腰酸，公事房也三四天没去。 唉！ 这种颓唐的心身真不知怎样了局。 但是仔细的想一想又似乎用不着叹气，就这样一直到死也何尝不是大解脱呢，总之解脱就是了，管他别的呢！

近来不知道什么原故，我的思想紊乱极了，好像一匹没勒头的奔马，放开四只铁蹄上天入地的飞奔，坐也不是走也不是。 有时感到凄凉，但也不愿去找朋友们谈，有时他们来看我，我又觉得讨厌，唉！ 可怜的心情呵！

下午被剑尘邀去逛公园，我们坐在河池畔，看那护城河的碧波绿漪，我又不免叹气，剑尘很反对我这样态度。 本来我有时也觉得这种多愁善感是无聊的，世界本来就是这样的——从古到今是展露着缺憾的，如果不能自骗，不能扎挣，就干脆死了也罢；如果不死呢，就应当找出头——这些理智的话，也曾在我的脑里涌现过，并且我遇见和我诉说牢愁的人，我也会这样的教训他一顿，不过到了我自己身上，那就很难说了。

今天剑尘很劝了我许多话，他希望我打开一切的束缚，去作一番伟大的事业，他的态度诚恳极了，我不能说没受感动，并且我也相信国家是需用人才的时候，不论破坏方面，建设方面，在在都得人才——说到我呢，虽是自己觉得很渺小，但我也没看见比我更伟大的，如果我觉得自己是伟大的，也许就立刻变成伟大了。

我们没有系统的谈了许多话，虽然得不到结论，然而我心里似乎痛快点了。 回家时已经是沿路的电灯和天上的群星争耀了。

三月二十一日

今天我从公事房回来后，独自坐在院子里的丁香树下，树枝已经发青了，地上的枯草也长了绿芽，人间已有了春意，西方的斜辉正射在墙角上，那枯黄的爬山虎，尚缀着一两张深黄色的残叶，在斜辉中闪光。 晚霞一片娇红，衬着淡蓝色的天衣，如晚妆美女。

我的心——久已凝冷的心，发出异样的呼声，自然，这只有我自己明白，……唉……我真没想到我竟是如此懦弱，我看见我胸膛中的心房在颤动，我的彷徨于这含有诱惑的春光中。

燕子已经归来，而丁香还不曾结蕊，桃枝也只有微红的蓓蕾，蛰虫依然僵伏，但温风已吹皱了一池春水。 我怯弱的心池也起了波浪。

独自坐在这寂寞的庭院里，听自己的心声哀诉，这惆怅，烦恼真无法摆布，无情无绪走进卧房，披上一件银灰色的夹大衣，信步踱进公园的后门，在红桥畔，看了许久的御河碧漪，便沿着马路来到半山亭，独自倚住木栏看流霞紫氛，抬头忽见紫藤架下，一双人影，那个穿黑衣服的女郎很像星痕正低着头看书呢，在星痕的左边坐着一个少年，那脸的轮廓似乎在那里见过——一时想不起来，我正对着他们出神呢，星痕已经看见我了，她含笑向我招手，我连忙下去，他们也迎了来，星痕说："你怎么一个人来了？"我笑道："本没打算逛公园，一人坐在家里闷极了，不自觉的便从后门来了——这自然是我家离公园太近的缘故。"星痕笑了笑又指着那个少年说道："你们会过吗？"我正在犹疑，只听那少年说道："见过见过，上次你请客，我们不是在一桌吃饭吗？"我听了这话陡然记起来了，原来他正是星痕的好友致一，新近我很听见人们对他俩的谈论，说是他俩的交情已经很深了，我想到这里又不禁把致一仔细打量一番，见他颀长的身材，很白净的脸皮，神气还不俗，不过很年轻，好像比星痕小得多。

我们来到御河的松林下坐着，致一去买糖果请我们吃，我就悄悄的向星痕道："那孩子还不错，——人们的话也许不是无因吧？"星痕听了这话，脸上立刻变了神色冷笑道："别人怀疑我罢了，你怎么也这样说，我的心事难道你还不清楚吗？——我的心早已随飞鸿埋葬了，……"自然我也相信星痕不至于这样容易改变她的信念，不过爱情这东西有时候也真难说，并且我细察星痕的举动，有时候迷醉得不能自拔，所以我当时没有再往下说什么，我只点了点头表示我明白她的意思就完了。恰好致一买了东西回来，我们饱餐后又兜了一个圈子就回去了。

三月二十二日

这一天过得平淡极了，差不多没有什么事可记，晚上接到一个远方的朋友的信。他里头有一段话说：

纫菁！我真不明白世界为什么永远是奏着这哀音呢？呵！我真感到灰心！——昨夜我去看一个亲戚的病，那晓得他的病像已经很危险了，他的太太脸色焦黄的呆呆的站在床前，他的大女儿雅玫低头垂泪，灯光是那样惨淡的，一切都沉入恐怖与寂寞，我慢慢推开门进去，他们只是垂泪呜咽，床上的病人正在发喘，和上帝争命呢，我不忍走开，过了半点钟那病人两眼向上一翻便去了！永远的去了！她们惨号，雅玫竟昏厥过去，大家手忙脚乱，仿佛宇宙都颠倒了，我心头只觉发梗，后来我只得暂且离开她们，唉！你想人间每天都演着这种可怕的惨剧——我们总有一天也是逃不掉这个劫数的，唉！……

三

我看完这封信，我忽然生出一种奇异的感想，我觉得人生既是谁也不能逃此大限，那么在有生之年，为什么不尽量快乐呢？ 为什么自己压扎呢？ ……我从今以后应当毫无顾忌的去追求快乐才是。

三月二十七日

我病了一个星期，不知辜负了几许春光，今天早晨起来，已经看见窗前的丁香了，浅紫色的那一株已经开得很茂盛。 我掀开窗幔，推开玻璃，一阵温香透过来；精神兴奋了不少，春真是宇宙的骄子！

下午剑尘来看我，在我家里吃过晚饭后，新月的清辉，已经照在地上，我们很高兴，一齐走出门口，沿着马路踱到公园去，这时桃花已经开残了，我们走过桃花林，踏着憔悴的花瓣。 来到沿河的小山石旁，我们并肩坐在一块平坦的白石上，河里的月影，被暖风吹动，光荡波扬，我们的身影也倒映在水里，四境清幽温馨，我们都似乎沉醉于美的幻梦里。 剑尘仰头看着繁星，说道："纫菁！ ……怎么样可以使天地翻一身呢？"我蓦听这话，简直不明白他的意思，我只向他怔怔的注视，他见我这样，不禁微微的笑道："你忘了你前天对我说的话吗？"我陡然想起来，——原来前天夜里剑尘来看我的病，我们曾谈到将来的命运，我曾告诉他，我愿意维持我现在的样子一直到死。"他说："永远不会改变吗？"我说："要改变除非等维持我现在的样子一直到死。他说："永远不会改变吗？"我说："要改变除非等天地翻了一个身。"当时说过我也就丢开了，不想他今天又提起这句话，我不免暗暗心惊，我是从蚕茧里扎挣出来的困蚕，难道现在还要重新作个茧把自己装在里面吗？ 天呵！ 我又走错路了！

这一晚上，我的心灵不安极了！ 我们从公园出来，各自分道回家，他临去时低头叹着气，我虽然没有什么表示，但是也够了，在归途上我是一直含着眼泪的，我知道我自己太浅薄，虽是经过多少磨难，然而我是强不过自然，它时时布下迷局挖下陷阱，使我沉溺，使我自困。 唉！ 天呵！ 我将怎样自救呢？

到家时已经很晚了，姑妈他们都睡了，我独在院子里，不知呆立了多少时候，后来起了风，一股飞沙扑面打来，我才如梦初醒，怅然回到屋里睡了。

三月二十八日

今天下午，我被朋友邀去听讲演，听说是一个某党的领袖，演讲中国时局问题。

我们走进会场的时候，已经有不少的人在座，我忙在后排的椅子上坐了。 不久就听见掌声如雷，在这热烈的掌声中，走进一个三十多岁的男人；态度十分沉着，下面的听众也都屏气无声，会场里的空气严重极了。 他将中国时局分析得很清楚，一种爱国爱民的精神，使得我震惊了，我好像处惯囚牢的犯人早已失却知觉，但是经他一拨撩，我才感到我自己所处的境地，是污秽，是耻辱，唉！ 伟大的英雄呵！我不禁向他膜拜了！

听完讲演回来，血液一直在沸腾着。

三月二十九日

的确！ 一个人若处在被人们真心倾服的时候，他的人格就立刻伟大了千万倍，而且同时觉得任何事都有意义了，由这一点可以认识人类的伟大处，但同时也可以明白人类究竟是太有限的。

今天忽然想到这个问题，当我站在讲堂上给学生讲授时，由不得，就想从她们的眼光中，态度上，去体验她们对我的心，结果我是失败了，她们没有什么表示，我告诉她们什么，她们照样的作了，很平淡的作了，没有惊喜，也没有怀疑，唉！ 我是机器，她们也是机器。

今天一直不高兴，对于人生又起了疑念。

四月一日

人类的思想比什么都复杂，并且无时无地不受外界的影响；我独坐发闷，不免又想起，我上半年流落的生活来，那时我在某大学当指导员，领着五六十个少女，住在荒郊的寄宿舍里，她们都是青春的骄子，每天早晨钟声响后，在楼前的绿草路上，可以看见她们一个个打扮得如仙女般，陆续到大学校去上课。 有时可以嗅到种种的粉香，在这时候，我骄傲如牧羊女儿——这一群可爱的驯羊都在我看护之下。

她们走后，一所大洋楼，只留下我一个人，开开窗子，看见荒郊上的孤坟，虽然才过清明，但也没有纸钱的灰痕，唉！ 那一抔黄土下，正不知埋的是谁——这样萧条可悲！

人生真是一个飘零的旅客哟！ 什么事业，什么功名，真不过一个梦呢，说来真够伤心！ 明知生死只隔一线，但有时真解脱不了，——唉！ 谁知我的心情呵！ 恐怕只有元哥——你聪明的灵魂，是已经看透我撩乱的心了！

四月三日

今天是星期日，绝早便到北海，剑尘已经在御桥畔等我了。 这时候园里开遍了芍药牡丹，我们坐在柳阴下的长椅上，温风时时吹拂我们的薄衣，真是满目春光，不由得勾起我连日来的怅惘，我悲悼这烂霞似的美景，转眼便成过去，也正如那已葬送青春的男女，希望之火，冰冷了，只剩下被尘世所荼毒的残余——肮脏浓血之躯，还转动于人间。 唉！天，这是多么刻苦的刑罚呢？

剑尘握了我的手，很惊疑的问道："纫菁，你今天又为什么这样不高兴呢？"我勉强咽住我凄楚的酸泪掩饰道："没有什么。"我立刻低下头。 我装作看河里的游鱼，我的眼泪一滴滴流在地上。 剑尘见了我这样难过，他不期然也叹着气，我们沉默了许久。 最后我们便站起来，约剑尘去吃点心，吃完我就回家了。 剑尘不放心一直送我到门口，唉！ 真罪过，为了我这个不幸的人，使剑尘无形中，受了许多苦楚，每次想起我真是对他不住呢！

四月四日

昨夜又失眠了，今天头脑暴痛，也不能出门，中午接到剑尘的信，他说：

> 菁姊！昨天你为什么那样不高兴，我几次抬头，看见你在咽泪，我心里真难过，我不知为什么，我感到悲哀了！
>
> 唉！菁姊！我送你回家以后，我在回来的路上，一直怅怅的。菁姊！你又为什么事伤心呢！我时时刻刻惦着你，惦着你呵！

菁姊！你的身世我是明白的，——凄苦悲凉——但是这又有什么法子呢？但那是已经摆定的局面，白白的伤感，又有何益！而且菁姊，你的身体又既然这样虚弱，若果再这样煎熬，怎能支持？唉，菁姊！我真不敢深想下去。希望你凡事看开一点，若果你不讨厌我的话，我愿将我赤子纯洁的心来爱护你，使你在寂寞的世界上，得到一点安慰，菁姊！你接受我的诚意吧！

唉！剑尘！我怎能不感激他？我譬如一只无家可归的孤雁，蒙他这样诚挚的待我，还有什么不接受的呢！但是天呵！你太恶作剧了，你既给我一个缄情葬荒丘的环境，你为什么又给我一个纯真的爱！唉，我徘徊，我苦闷，我跑到无人的郊野痛哭；我的神志完全混乱了！

四月五日

今天东风特别温暖，薄棉袄已经穿不住了，院子里的藤树也开了花，香气特别浓厚，一群一群的蝶蜂绕着花蕊采花粉，我站在阶前看花，轻衫被风吹起襟角，飘洒如仙，我很想骑上一匹神驹，去到没有人烟的春山上，看美丽的春之女神，她把世界装得这样漂亮，她自己不知怎样沉醉欢欣呢——我正在遐想时，忽听见壁上的钟敲了几下，已到上公事房的时候了，无可如何，只得抱起书报稿纸去上工，唉！

人生好景能有几次，况且每每又为生活问题所耽搁，不能尽兴欣赏，真是"秋月春花等闲度"了！

今天心里很愁闷，晚上虽然又是好月色，但是意兴慵懒也无心赏玩，而且心里还有点怕看月光，最后，仍旧回到房里去睡了。

四月六日

星痕许久不见了，我正想去看她，下午她恰好到公事房来找我，她告诉我，今天在北海里有一个聚会，——因为今天是月望，致一和剑尘预备夜里在北海划船。

我收拾了书报，星痕和我慢慢走到北海，这一路都种着槐树和杨柳，槐花的香气，很好闻；柳梢轻轻拂在我们的肩上，真是人在画图中。

到北海的时候，更是春江浪缓，遍山开着紫色的野兰花，花畦里有木芍药，有牡丹，有月季；到处都是清香扑鼻，我走到濠濮园的时候只见致一、剑尘笑着迎了出来！　我们在万绿丛中的茶座上坐下，举目一望，草绿花红，流水缓潺，在河的当中，架着一道石桥，我和星痕走到桥上站了许久，星痕说这里诗意很厚，她让我作诗，我说一时那里有诗，留着诗情回家去写吧，彼此一笑而罢！

致一从山上采了一朵野兰花，他含笑道：别看这花倒也有些香味。　星痕道："春神本来是一视同仁，她要不香蜂蝶也不光顾了。"我们正说着剑尘也来了。 大家又说笑了许久，太阳已经西斜了，我们便到仿膳吃饭，我和星痕都喝了几杯酒，心里又都有些怅怅的，我们出了仿膳，就到船屋去雇了一只船——是一只白色的小划子，我们上了船，恰好陆萍也赶来了，在船上我和星痕分配他们三个的工作，剑尘把舵，致一和陆萍划船，我坐在船头，星痕坐在船尾，不久船已驰到河心，荷梗才有半尺多高，浮萍散漂在水面上，我和星痕都采了不少。 天色渐渐晚了，月儿也慢慢高起来，照得水面如同泻银一般，四面静悄悄没有什么声音，我们仿佛睡在母亲的摇篮里，舒服极了，远远忽发出铁笛的声音来，那声音非常凄凉清越，星痕低低的唱着《送春归》的哀调，我们都有些伤感——真是心情萦绕着绮丽的哀愁呢！

十点多钟，我们从船上下来，游兴未阑，又约着大家，上了白塔，这时月光比以前更空明皎洁，我们从白塔上俯视古城，万家灯火仿若天上星辰，那些房屋如梳子齿儿般排列着，我们站在白塔顶上，地高风大，吹得我们夹衣如蛱蝶似的飞舞。 我这时低头往地下看，忽然发生了奇想，——倘若这时我用白色的绸帕，蒙住头向下一跳，不是什么都完了吗？ 人类真太藐小了！ 想到这里又不免叹气！ 致一说道："时间不早了，回去吧！"但是陆萍一声不响的睡在白石上；剑尘说："回去睡吧！ 看回头着了凉！"陆萍仍是不理，似乎脸上还有泪痕，我们也不敢再向他看，致一和剑尘勉强把他拉起来，才一同下了白塔，各自回去了。

四月七日

昨夜玩得太高兴了。 ——也许心情是过分的奋发，因之今天似乎起了反动，事情是懒得作，心灵里萦绕着一种微妙的哀感，不时想到昨夜飘浮海心，对月嘀泪的情景，从早晨起，一直怔怔的坐在房里，——今天又是星期，书局不办公，有了空闲的时间，免不得万种闲愁兜上心来，更觉得苦闷的时光，无法排遣了。

下午接得致一的信，那孩子真聪明，在昨夜绮丽哀凉的情景里，他了解了人间的悲哀，他的信上说："昨夜的情景太凄凉了，我看着你和星痕的一双泪影，深深的了解人间的哀愁，我虽没有你们那样的难过，但是心情也感到从来所未有的惆怅。"

我把致一的信从头到尾看了两遍以后，我莫名其妙的落下泪来，——这一个黄昏便在悄声咽泪里消磨尽了。 唉！

四月八日

最近我常常感觉到我心情的消沉，不是好现象，有时候和星痕谈起彼此都不免叹气。 我们几次想变换我们的生活，但是到处都插不下脚去，不消沉又将奈何！ 可怜！ 我们谈来谈去都无结果，最后星痕说道："纫菁！ 我们还是忍着吧！……你看露文跑到南方去，形式上似乎比我们热闹，其实还不是一样潦倒。……"自然星痕年来的心情，自不免过分的颓唐，在她的眼光里看过去，世界上也真没有什么事可作呢……我本来也是最不喜欢活动的人，我的脾气，倔强乖僻，和一般人周旋不来，从前在学校的时候已经对处世有所惧慑，现在到社会上来生活，更是走一步怕一步；况且现在的情形，比从前更坏更复杂，——就是作一个教员吧，也不能像从前那样安适，往往三四个月拿不到薪水，因之生活屡屡起恐慌，精神自然也就更痛苦了。

今天和朋友们谈到救国，整顿民生的问题，……在他们激昂慷慨的态度里，使我久已压熄的灵焰，又渐渐重燃起来，我恨不得立刻放弃一切，到前敌去——我想像匹马奔驰于腥风血泊中的生活，一腔热血几乎喷了出来，但是惭愧，这又有什么用呢！？ 几分钟以后，一切又都缓和了。 我真是怯弱无用的人呢！

下午我站在院子里，看晚霞，小翠，我的表妹，递给我一封信，正是剑尘的，我倚着葡萄架，遥对着流霞，将信拆开看了，他说：

菁姊：前天晚上北海之游，真美妙极了，可是你大约又勾动了伤心吧！我一直惦着你，不知道你现在的心情如何？我希望你好好的扎挣吧！你的身体不好，最大的原因，还是心情的抑郁，——昨天我听致一说你病了，我真不放心，现在好了吧？……

唉！我如痴如呆的望着半天流霞出神，手里的信已掉在地下，小翠正蹲在葡萄架下采野菜花呢，她不提防倒吓了一跳，抬头望了我一眼，把信递给我道："怎样!？……这信不要了吗？"我摇了摇头，把信放在衣袋里，走回屋里，——小翠看了我这样子诧异极了，一声不响的跑到上房找姑妈——大约总是告诉姑妈什么去了。唉！聪明的小翠你知道我的心事吗？

四月十日

今天接到超西从英国寄来的一封信，他说：

纫菁吾友：我自从去国以后，生活完全变更了，心情也不同了，近来到各大图书馆念书，很感兴趣，——并且发现了几本在国内买不到的绝版中国书，真如同哥伦布发现新大陆的欢欣，所以我打算天天到图书馆去抄一份，预备将来带回来。

你近来的心情怎样？我时时念着你。有时候我独自跑到公园，坐在芭蕉树的巨影下，常常默想国内的朋友，不知近来怎样？尤其是你那清瘦的身影，时时浮上我的心头，使我不禁叹气！……日子也真快，元哥已死了三年了,回想当年我们住在上海的时候,几个人没有一天不在一处谈笑捣乱,你还记得我们曾组织过改革社会团?成立会是在松社开的,当天兴高采烈聚餐以后,还拍了一张照片,现在这张照片还在我的书架上放着,但是像上的人,都不是从先的样子了,元哥与绍哥死了,其余的平和琦也都没有消息,唉!真是往事不堪回首呢!

我有时想到我们这些人,若果还像从前那样勇敢热诚,今天的国事,或者不至糟到如此地步!唉!我想着真不免痛哭,元哥他实在是我们友人中最有才略担当的,偏偏短命而死,真叫人愤愤难平呢!

超西的信好像是一把神秘的钥匙,将我深锁的灵箱打开了。已往的事迹,一件一件展露在眼前,尤其使我痛心的是永远不能再见的元哥,我拿起他的遗像,我轻轻的呼唤,但是任我叫干了喉咙,从不曾听见他一声的回应。唉!我哭了,——真的两三个月以来,今天是最难过了。我紧紧握着自己的手,心也绞成一团,唉!我无力的睡倒了。

四月十一日

昨夜是低咽着,流了一夜的泪,今天心里觉得发闷,头目作痛,我恐怕又要病了。公事房不能去,请表弟打电话去告假,我只凄楚的躲在床上,下午星痕听见表弟说了,她不放心，立刻跑来看我，她坐在我的床沿，怔怔的看着我叹息，她也说不出话来，只是握了我的手垂泪，姑妈见了这种样子，也禁不住用衣襟拭泪，小表妹只是怔怔的望着，四围的景象真凄凉极了。

星痕今夜没有回去，我们对谈对哭的又闹了一夜，不过心情倒比较舒服了，黎明时，我们都沉沉的睡去。

梦中我看见元哥了，他还是生前一样沉默无言的望着我，眼角似乎尚有泪痕，他凄楚着说道："菁！　我苦了你！　……"他嘘着气，同时听见窗棂里呼呼的风鸣，真是可怕的鬼境呢！　我吓醒了，睁眼看见窗户幔上，已射上晓日的光辉，星痕还睡着呢。　我悄悄披上衣服下床，走到穿衣镜前，看见自己憔悴的瘦影，心头兀自酸哽，唉！　命运之神呵！　我永远是你手下的俘虏！

四月十二日

两天没到公事房办公了！　不免积下许多应办的事情，整整料理了一个上午。　编辑教科书，有时真感到枯燥，没有兴趣，尤其因为我的心，正是时时涌起波浪的海，我拿着笔不知写什么好，只感到自己是生于梦幻中，——理智的工作譬如是断续的警钟，一声响动，也能从梦幻里醒来，但是钟声一停，便又恢复原状。

有时作得不耐烦，就想放下笔，辞别这单调的公事房，永不再进去，但是想到吃饭的问题，这个决心又动摇了。唉！ 渺小的人类往往为了物质的生活，而牺牲了意志的自由，在这种环境之下，人间那里还有伟大！

下午回家，接到剑尘的电话，约我明早到北海去玩，——今天人很觉疲乏，不到九点就睡了。

四月十三日

今天天气特别晴明，当我还没起床的时候，已看见金黄色的太阳，照在东边的墙上，窗前的藤花，一穗一穗的都开了，颜色是浅紫——这是我生平最喜欢的颜色，所以每年藤花开时，我是有工夫就向它饱看，直到香消色褪，它是软疲得抬不起头来，我也不忍再去看它，只是每日从外面回来时，经过藤萝架，偶尔踏着那飘零花瓣时，总要为它不幸的命运叹气。

但是这时候却是藤花的黄金时代，叶子有的是深碧如翡翠，有的淡绿如美玉，花穗倒悬着，如美人身上的绣香囊，娇丽可爱。 那浓郁的香气，更是使人迷醉，我从床上下来，便推开纱窗，怔怔的望着藤花，我醉于它的丽色，我醉于它的温香，这时我如高贵的王子，我感到幸福了。

我坐车到北海去，经过金鳌玉�的时候，已看北海的绿漪清波，远远的白塔，和景山都罩于紫气朝雾中，我进了北海的大门，就沿着北边那条山路前进，一群白羽如雪的鸭，正浮在水面，真是"白毛浮绿水，红掌拨青波"，我不觉看呆了。后来布谷鸟在树上，"快快布谷，快快布谷"的叫着，才把我唤回人间，我提起青油小伞，向前走去，看见园里的一草一木，都娇媚的披上新装，在含笑欢迎我呢！

我数着自己匀齐的步伐，不知不觉已来到红色牌楼的石桥上了。远远已看见剑尘站在漪澜堂旁边的山坡边等我，那半山腰的木芍药开得灿烂如锦，我们就在半山的藤椅上坐下谈话。剑尘报告他这几天的工作，又报告我关于时局的几种消息，我只默默的听着，后来他又谈到那夜在月下荡舟的情景，心里又起了莫名所以的怅惘，后来他又再三问我的病状，我告诉他已经好了，他似乎不相信只注视着我的脸道："纫菁！你又在骗我了，看你的两个眼窝，是那样陷入而且又围着一圈灰色……唉！叫我也没办法！我几次劝你看开些，我也知道这是白说……我深知道你的烦愁，绝对不是几句话所能劝慰得来的，……我自己的能力又薄弱，……但是纫菁！……"他说到这句上便顿住了，眼圈红了红，我更觉得难过，眼泪禁不住滚了下来。

在回来的路上，我一直是咽着眼泪坐在车上，我近来觉得剑尘待我太好了。这一方面固然使我得到安慰，但是另一方面呢？我自己的事情，我自己是明白的，……唉！他要是希望从我这里得到人生幸福，那么我更是对不起他，我是不幸的人，我所能给人的，只有缺陷悲哀……唉！天呵！你太播弄我了！

可怜剑尘他是英秀挺拔的青年，但是我怀惧，我恐慌，我是怯弱无用的人，总有一天，我自己把持不住，不定什么时候，我将让他看到我赤裸裸的心——那是一颗可怕的足以诱惑他的心，然而天知道，这不是我故意造成的罪孽，只是我抗不过运命的狡狯，我们彼此都是命运的俘虏。

现在我还是努力的扎挣，我还能咽着泪拒绝他纯洁的爱，所以近来他虽在说话时，或信中有所表示，我只是背人滴够了泪而后掩饰着——正像我真一无所知的样子。

可怜我宛转的心谁又明白！ 人们只觉得我是受过大阵仗的，一定能如老僧般一无所动，但是事实又那里如此简单！我近来为了这可怕的前途，不知又绞了多少血泪，戳了几处心伤，——明明知道蚕子作茧，终是自缚，而明知故犯，甘作愚钝。 唉！ 可怜！

我们黄昏时才由北海回来，到家后心神一直不安，我写了一封信给剑尘道：

剑尘：你想吧！一只孤零的疲雁，忽然在这冰天雪地的古城中，停在枝枯叶落的梧桐树上，四境是辽廓得找不到边际，没有人烟，没有村落，你想这孤雁将如何的忍受这凄凉！

但是剑尘：你要知道，如果它是永远永远被造物所弃，让它孤栖的僵死在这广漠的荒郊，也倒有了结果；然而就是这一点希望它都得不到！结果它被一个旅人，捉下来放在檀木雕成的鸟笼里了。那是旅人的善意，它本当感激，从此忠忠实实的作个依人小鸟，不也就完了吗？无奈它天生成的不羁之性，况且心创难平，因之它几次想悄悄的逃避，到底又放不下待它忠诚的旅人，而且前途也太孤凄了。唉！从此它将彷徨歧路，它将自己焚毁自己。

剑尘！这只孤雁真值得可怜呢！唉！聪明的剑弟！我不敢再在你面前装英雄了，我实在是一个平庸的人，我有人所应有的情感，我一样的易被人所感动，不过我们遇见太晚了，只这一点便足铸成我们终身的大憾！我们将永远辗转于这大憾之下，直到我们的末日来临……

四月十四日

今天到公事房去，表面上虽然是作了不少的事，可是心神仿佛野马般放开四蹄，不知跑到那里去了。 时时想到黯淡无光的前途，——荆棘遍径的前途，以后是迈一步险一步这可怎么好呢！ 我想到凄迷的时候，手里的笔落在纸上，墨汁污湿了稿纸，在这黑团当中，我似乎看见魔鬼在狞笑，我不禁气塞咽喉，浩然长叹，同事们都惊奇的向我注视，我被他们冷严的眼光所恐慑，才慢慢的镇静了。

下午回家，觉得心灰意懒四肢疲弱，放下蚊帐悄悄的睡了，但是那里睡得着，只觉思绪万端，如怒潮如白浪，不止息的搅扰着，中夜才蒙眬睡去。

四月十五日

恹恹心情仿佛一只困鹤，低头悄立于芭蕉荫下，无力展翅便连头也懒得抬起来，唉！ 病又乘隙来侵，怎样好！？今天公事房又不能去，只静静的睡着，有时掀开幔帐，看看云天过雁，此心便波掀浪涌。

下午剑尘打电话来，我告诉他我病了，他很焦急立刻跑来看我。

今夜是极美丽的星夜，天上没有一朵浮云，碧澄澄的天衣上，满缀着钻石般的繁星，温风徐徐的吹拂着，我披上夹衣，同剑尘在白色茶花丛前的长椅子上坐了，我无力的倚在椅背上默默注视着远处的柳梢，——那是轻盈柔软的柳条，依依于合欢树间，四境幽寂，除了星群的流盼，时时发出闪电似的光华外，大地是偃息于暗影中了。

寂静中我听见自己心弦的颤动，同时我也听见剑尘心弦的幽音了。 我们在沉默中过了许久，剑尘银钟般爽朗的声音，忽然冲破了寂静，他说：

"菁！ 我告诉你一件可笑的消息，……那文学教授在打你的主意呢！"

"这本是我早已预料到的笑话，……但是你从哪里听来？"我向剑尘追问。

剑尘微微笑了笑，他并不回答我的话；又过了许久，他又说道："你知道除他以外还有人也作此想呢。"

这确是我所未之前闻的事，不觉惊奇的问道："真的吗？……谁？请你赶快告诉我吧！"剑尘低了头道："我不告诉你，你自己猜去吧！"我有些焦急了，"我真想不出还有什么人在……"剑尘不等我说完，他忽然向天长叹，——这实在是很明显的暗示，我的心抖颤了，我不愿意再往下问，于是我们又沉默了。

剑尘走后我兀自在院子里坐了许久，直到夜露浸湿了我的衣裳才回到屋里睡下。

四月十六日

今天扶病到公事房作了一上午的工，回家来，已经神疲力倦，正打算睡下休息，忽然张妈拿进一封信来，看是剑尘的笔迹，我手发抖，我心发颤，忙忙拆看到：

菁姊：昨夜在你家小园里的谈话，我知道你是想不到的——当时我还有许多话。但是我怕你怪我唐突，所以不敢说。不过菁姊！隐瞒又有什么用呢，求你还是让我说了吧！

我明明知道，我所希望于你的……无论如何是办不到，但我自己也不晓得，何以我会发生这类愿望——等于幻想的愿望。

菁姊！我自己也不明白为的是什么。先是同情于你，后是可怜你，最后是——这句话我不该说，不过不说也是事实。菁！你原谅我吧！——最后我是爱你！唉！菁！我明明知道自己是幻想，但我也不能不让你知道，即使现在不说，我以后也得设法使你知道。

其实你过去的残痕，我知道得很清楚，别人可以作这种幻想，按理说，我怎么也不该有这些幻想——而且幻想能成事实的，从来所未有过。然而菁！我告诉你，幻想虽然是幻想，但是我无论如何，你是不能阻止但底去爱比呵垂斯的呵！幻想虽然是幻想，但是你无论如何是不能阻止我的心幕上印上你的印象呵！这种的幻想我也不敢奢望它能成为事实，菁！我们就走到这里为止吧！不过我最后还要告诉你，菁姊：你的印象已经很深很深的印在我的心幕上了。这也许是我们生命史上一点痕迹吧！

唉！真是罪孽，——剑尘终于赤裸裸的向我表白了，我今后将怎样处置呢？剑尘呵！我对不起你，我将终身对你负疚！

我的眼泪湿透了信笺，我的心将碎于惨酷的命运的铁拳下，我伏在床上，我默默的祷告了。但是那里有神的回声呢！

四月十七日

　　夜如死般的寂静，便连风吹树叶的声音也不容易听见。只有暗影里的饥鼠，在啮啮木头，发出一些刺耳的声音来。我倦倚在窗前的藤榻上，——我的心伤正在暴烈呢。　唉！可怜由战场上逃归的败兵哟！　我的心弦正奏着激烈的战曲，然而我已经没有勇气，没有力量了。　最后我将成为敌人的俘虏！

　　唉！　我真浅薄！　我真值得咒诅！　我永远不能赶出心头的矛盾的激战！

　　现在更糟了，不知什么时候，连一些掩饰能力也失却了。　今晚在淡淡的星光下，我一切无隐的向他流露了。　我迷惘得忘了现实，我只憬懂在美妙的背景里，我眼里只有洁白的花；热烈的情感。　——如美丽的火焰似的情感，笼罩了整个的宇宙，温柔舒适，迷醉。　但是我发现了我的罪恶，我不应当爱他，也不配承受他的爱，我的心是残伤的，而他的呢——正是一朵才绽蕊的玫瑰，我不应当抓住他，但是放弃了他吧，然而天知道这是万分不自然的，我也曾几次想解脱，有时他的信来，我故意迟些回信，打算由我的冷淡而使他灰心，可是我又无时无刻的不希望他的信来，每次从街上回家，头一件就是注意到书桌上的信，如果桌上是空的我便不自觉的失望，心神懊丧得万事都没心作，必等到他的信来了我才能恢复原状。 唉！ 这是多么可怕的迷恋呵！

这几天我的精神苦痛极了，我常恨我自己不彻底，我一面觉得世间的一切可咒诅，一面又对于一切留恋着，有时觉得人间万事都可以拿游戏的态度来对付，然而到了自己身上，什么事都变成十分严重了，唉！ 这心情真太复杂了。因此我的喜怒无常，哀愁瞬变，比那湖面上的天气，变得还快，但是心情虽然是如此，为了生活，整天仍是扎挣于车尘蹄迹之中。 未免太可怜了！

四月十八日

人真太神秘了，最聪明也就是最糊涂，比如一个人对于某一件事情已经看到结局了，但是没有走完这条路，他总不肯就止步的，我早已推测到剑尘和我的恋爱是不能成功的，按理我就不应当再往前走。 可是事实上又不是这样，我觉得心灵中有一种不可抗的力，时时支配着我，在心波平定的时候，还有自制的能力，不过微风过处，又吹起一池波浪！

今天我很决心，——打定主意到此以后不再给剑尘写信，纵使有必须写信的时候，我也再不说一句感情话，慢慢的使他冷下去，……但是太可耻了，今午接到剑尘的信后，我又不能自禁的给他写了信。 自然这也许是因为剑尘的信太有力了，他说：

敬爱的菁姊：我看见你昨天的信，不知为什么，我觉得你信中的每一个字，都似利锥般，在我心头狂刺，我看到第三遍时我不禁流下泪来。

菁姊！你只知道你是一只飘零的孤雁，所以不愿意我来同情你，爱护你——你的意思是我们俩的境遇差太远了，其实错了，菁姊！你真错了，……唉！我不忍说……可怜我也只是一个落魄的旅人呵！我走遍了郊野，我爬尽了山峦，然而我依旧是孑然一身，我到如今——除了你没有第二个伴侣，不幸你再弃我不顾，叫我怎样惨凄呢？

我也很清楚你的心——你确是茹忍着苦辛呢，但是我也不敢有非分的希望，我只求你让我将我一腔热烈的同情，贡献于你的面前，你收纳了吧！

唉！我流出了怯弱的眼泪还有什么？！现在我顾不得许多了，暂且骗骗他和我自己吧！说来真够伤心了。

今夜我依然给剑尘写了回信，而且是一封情辞绮丽的信，封上信时，我觉得羞惭，我恨我自己呢！

四月十九日

今天我到学校去，恰好遇见星痕，她紧锁着双眉，泪光盈盈的对我说："整天这样，失了知觉似的混着，真不知如何是了。"我默然无言，我本想劝她看开点。可是这话我觉得碍口，我们不是只有应酬而无真情的朋友，我不能对她说那不关痛痒的安慰话，她的身世和心情我很清楚，我的不能安慰她，正如同我不能安慰我自己是一样的情形；所以当时我只有叹气，后来我将要走的时候，我咽了咸涩的眼泪说道："星痕想法子自己骗骗自己吧！"她瞧了我一下，眼圈红了，拿起粉笔盒子，低着头到课堂去了。 我直看着她伶仃的瘦影，转过夹道，我才黯然的回家去了。

今天家里真寂静，姑妈也出去了，我独自坐在书房里翻了几页书，心头觉得闷闷的，便信步到后院的小花园里看看。 只见葡萄架已经搭好了，嫩绿的葡萄在温风里摆动，丁香桃杏都已开残了，满地残红碎紫，使人不忍细看，我正在替花悲伤的时候，忽然间一阵风过，又吹落了不少丁香花朵，撒在白色的衣襟上。 我将它兜起来，都倒在金鱼缸里，那些金鱼都受了一惊，蓦然沉到缸底去，后来看见没有别的动静，才又慢慢的浮上来，摆动着它那美丽的金色尾巴，在花下游来游去。

我觉得有些倦了，回到屋里，姑妈也已经回来了。

四月二十日

昨夜作了一个怪梦，梦见我独自一个人，不知怎么跑到乱山错杂的荒野去，而且天又是十分阴沉昏暗，我站在十字路口，四境沉寂，没有人，连飞鸟也都绝迹。 我正在惊慌失措的时候，忽听见远远有哀乐的声音，——还有人唱着送葬的挽歌，远远的有许多人向这边走来，恍惚有人告诉我，他们是替元哥送葬的。 我听了这话，果真相信是这么回事，心里一阵凄酸，我望着那些人哭了。 正在万分凄楚的时候，忽见我死去的朋友伊文在我肩上拍了一下，叹道："走吧！ 跟我们一同走吧！ 这种世界究竟有什么可留恋的，而且你又是这样孤寒。 ……"我听了真伤心，想道："果然！ 活着究竟有什么意义，还是同他走吧。"我正要迈步的时候，忽然听见有人拦阻我道："走不得，你还有多少事呢！"我踌躇了，伊文似乎鄙视我的抛不下，他冷笑着推了我一下，叹道："早呢！ 早呢！ 你的梦醒！"我被他一推冷不防摔了一跤，便惊醒了。 睁眼一看原来是一个梦。 为了这奇怪的梦，我怅惘了大半夜，我恨我自己愚钝，不知什么时候才是大解脱呢！

我的梦虽然奇怪，但是细想起来，也并非无因，可怜我平日就是在生和死的矛盾中生活着。

近来的心情，似乎有点异样，比较从前更复杂，从前只是一味的诅咒人生，感觉得四境的冷寂，但是我还很镇定，如同冻成坚冰的湖水，永远不起波浪。 近来呢！ 似乎坚冰已经解冻了，心底的残灰又重新燃烧起来——那里来的燃料，天呵！ 我知道——然而这不过是毁灭自己的结果呵！

不幸我又跑到歧路上来了，前面是乱山丛杂，后面是虎吼狼嚎，我不能停在十字路口，然而我也找不到我应走的道路！ 这真太可怜了，自己几次踏践着自己的足迹，恨不得扯碎宇宙的一切，使之都化归乌有，不然我是将要死于矛盾的生活中，万劫不回呵！

四月二十二日

今天是星期日，比较清闲，天气又特别好，太阳照在翡翠色的葡萄叶上，光芒四射，杜鹃鸟在海棠花荫，不住哀啼，风是温馨得使人沉醉，我起床后，随便擦了脸，覆额的短发飘拂在肩上也无心梳掠，只呆呆倚着门槛出神。

这些日子，我实在变了一个人，我的心由冷漠而温暖，现在又由温暖而沸腾了，唉！ 灵的火焰，灼灼的烧着了，怎么好，我有些沉醉了。 好像喝了毒酒后的沉醉，我竟失却自制的能力。

午饭后剑尘来看我，我们坐在丁香花下的椅子上，这时小园中的一切，都似浴后美女，娇慵无言，便是鸟儿也似乎有了些春困，蜷伏在叶底，四境阒寂，我们就在这阒寂中，迷醉了，剑尘从丁香树上摘下一小簇丁香花来，插在我的衣襟上笑道："有花堪折直须折，莫待无花空折枝。"我听了这话心里禁不住一阵悲悯，想到人生数十年，除了衰老病死，得意的时期真太短促了；况且像我这样的身世，自己打碎了青春的梦，便连那短促的得意也失却了，这时我的心抖颤着，我不禁流下泪来！ 剑尘很诧异的望着，他自然不明白，我这突如其来的悲感；他握住我的手，安慰我道："纫菁！不要伤心吧！ 以前的一切都算是昨天死了，现在我们好好的快乐，好好的生活吧！"我只点点头，我不愿多说什么，尤其在剑尘面前，我不忍深说什么，因为我深明白他是十分热烈的希望我因他而振作，我也希望我能从他那里得到刹那的迷醉，使我灰色的生命，偶尔也放些光芒。 这时我的心弦颤动了，眼前的一切都变了形色，一张温柔的绮丽的情网展开了，我如同初恋的少女，迷醉于爱的醇浆里，我无力的倚在剑尘的怀里；他好像是牧羊人，骄傲而得意的抚摩着这只驯羊。

我听见剑尘心弦的颤动，它弹出神秘的音调，他轻轻的说道："纫菁！ 我从你那里认识了生的伟大和美丽，所以假使我离开你，我便失却生的意义了。"

我蓦然受了良心的谴责，我错了，我不应当故设陷阱使他深溺呵！ 我陡然抬起头，我离开他温暖的怀抱，我抱住梨花的树干，我呜咽了！

剑尘如同堕在五里雾中，他莫名其妙的望着我，最后他叹着气将我送到房里，……直到深夜他才走了。

四月二十三日

今天早晨我到公事房的时候，在路上遇见许多马队，和背着明亮刺刀的步兵，和警察，押定五辆木头的囚车奔天桥去。 路上的行人，如一窝蜂般跟在后面看热闹，来往的车马都停顿了，我的车便在一家干果店的门前停着。 那些马队前面，还有一队兵士，吹着喇叭，那音调特别的刺耳动心，我真有生以来头一次听见，简直是含着杀伐和绝望愁惨的意味，使我不自主的鼻酸泪溢。 兵队过去了一半，那五辆囚车陆续着来了，每一辆囚车上有四五个武装警察，绑定一个犯人，在犯人后背上插着一根白纸旗子，上面写着抢匪一名，李小六，那是一个三十多岁的男子，面容焦黄，样子很和平，并不是我平日所想象的强盗——满脸横肉凶眉怒眼的那样可怕。 又一辆囚车上是一个灰色脸的病夫模样的人，此外还有两辆囚车被人拥挤得看不清，最后一辆囚车上是绑着一个穿军装的人，他把头藏在大衣领里，看不清楚，听路上的人议论，那是一个军官呢！ 不知犯了什么罪……囚车的左右前后都是骑马的兵队密密层层跟着，唯恐发生什么意外，其实人到了这个时候，四面都是罗网，那里还扎挣抵抗呢？

这一大队过去了，我又坐上车子到公事房去。 在车上不住想这些囚人就要离开世界，不知他们在这一刹那是咒诅世界呢？ 还是留恋世界？ 是忏悔呢？ 还是怨恨？ 我很想从他们脸上的表情窥察他们的心，但是我看不出他们有特别的表示，还很平常的，也许他们是真活够了，死在他们也许认为是快乐的归宿，我虽这么想，而我不敢深信我的话是对的。 因为我自己的体验，死，实在是无可奈何的事情，除非我不知道我什么时候死，忽然出其不意的死了。 那也许没有什么苦痛。 否则预备去死的那一段时间，又是多么难忍的苦痛和失望呵！

我的思想乱极了，在公事房里办着公，依然魂不守舍，一直惦记着早晨那一出人间的惨剧，我真觉得烦闷，为什么人总是那样自私呢！ 这几个被枪决的囚犯，是为了他们的自私而作出杀人放火的事情，现在大家又为了大家的安逸——自私——而枪决了他们，这世界上都是些偏狭的人类吗？唉！ 我为了这个要咒诅世界的人类了。

四月二十五日

现在是将近暮春的天气了。 我起得很早，七点钟的时候已经到书局去了，在城门洞里我遇见一个奇异的老人，头发须眉都白得像一把银丝，被温风吹得四散飘扬，一张发红光的圆胖脸十分精神，手里拿着四五十份报纸，向着走路的人叫道："卖报呵，卖报！"接着就唱起朱买臣的《马前泼水》来了。 我的车子从他面前走过，看见他含笑高唱我不禁怔着了，觉得这真是一个奇异的老人，虽然已经有了一把子年纪，还是这么有兴趣，同时我不免伤悼自己入世虽然只有二三十年，已经被苦难消磨得毫无生趣了。 为了这意外遇见的老人，又使我怅然终日。

下午致一来看我，他近来意兴也很萧条，我们谈些不关紧要的话，大家都像有什么心事似的。 我忽然想到星痕。

我要问致一他们的近状，但我很明白，这就是使致一很难过的原因，我何忍再去撩拨他，后来致一对我发了半天牢骚，他说他觉得烦闷觉得苦恼，他觉得近来内心和外形的不妥协，往往外面越冷静心里越沸腾，这一颗心好像海洋中的孤舟一刻不能安定……他说着凄然了，我也无法安慰他，只有陪他垂泪，后来致一看见我桌子底下放着一瓶玫瑰酒，他拿来打开接连喝了两茶杯，那神气凄楚极了，我不忍看下去，夺过酒杯来藏到别处去了。但致一已经醉了，他伏在椅背悄悄的垂泪，我将他扶在沙发上睡下，我掩了门回到卧房里，心神也十分不快，不免把那瓶里的余酒一气喝完，昏昏有些想睡，不知不觉睡着了。醒来的时候已将近黄昏了，致一还睡着没有醒，我把他叫起来，让他喝了两杯浓茶似乎好些了，又坐了些时，就走了。

四月二十七日

昨夜睡的很不安稳，头半夜一直作着可怕的梦，后半夜又失眠了，睁着眼看月亮，先是清光照在我的墙壁上，后来渐渐移到窗子上，最后看不见月光。天已经快亮了，疏星在灰蓝的天空闪烁着，远远的公鸡唱晓了，不久老仆人起来扫院子，宿鸟也都起来，站在枝头吱吱的叫唤。而我呢，还是白睁着眼无论如何都睡不着，头部觉得将要暴裂似的痛。

今天公事房又去不了，只得打电话去请假，下午接到剑尘的信，他说：

　　菁姊，我告诉你一件很悲惨的事情，前天我由你家里回来已经是深夜了，可是还有一个人坐在我的书房等我——他是我中学时的同学，他见了我对我说："姓史的祖父快死了，希望我明天去看看他，他家里很贫寒，实在很可怜。"我想姓史的也是我朋友的兄弟，——虽是我的朋友已经死了，但是看见他兄弟这样的境遇，自然应当去看看他。

　　昨天早晨我由东四牌楼乘电车，到了那条街，找了许多时候，才找到他的那条胡同，真狭窄极了，况且他又是住在一个大杂院里，一家七八人只住一间破房子，他的祖父又正病着，一家大大小小都围在那老人的床前，等候医生呢。那位姓史的正在院子里，一张破桌上抄书呢——因为他家里现在就靠他抄书得几个钱过活，这情景真够悲惨了。我见了他几乎落下泪来。

　　他见了我脸上的颜色更惨淡了，他低声告诉我说，他祖父的病恐怕没有什么指望了，若是早晚发生了意外，钱是一个也没有着落呢！他说着眼圈红了，我真不知怎样安慰他才好。当时我摸摸衣袋，通身只剩一块多钱，我就把那钱塞在他手里，说道："我今天手边没带什么钱，这一点先送给你零用吧，以后我再替你打算一点。"他接了钱，对我谢了又叹道："当年祖父也曾作过总督，谁想到下场是这样凄凉呢!"我听了这话真是更难过了。忙忙告别走了。到家以后心里一直发闷,想到世界上可怜的人太多了,可惜自己又没有能力,遇见这种事情只有难过一阵子算了,唉,菁姊,世界难道永远这样黯淡吗?……

我看完剑尘的信,心里更是烦上加烦恨不得立刻死了,便什么都看不见听不见了。

我也懒得写回信,没有吃晚饭我又睡了。

四月二十八日

今天心情依然不好,早晨看报,知过智水被枪决了。 我更禁不住伤心,智水我认识他很久了,我很相信他是一个有志趣有作为的青年,但是他的结果是这样悲惨,怎能不叫人愤恨呢? 唉! 什么叫作正义,什么叫作人道,谁又是英雄,谁又是反叛,反正是自私的结果呵! 那一个倒霉便作了枪下之囚;走运呢,叛徒立刻又成了伟人了。 唉! 上帝呵! 望你发个慈悲把宇宙毁灭了吧!

我愤恨了一阵,又想到智水身后的可怜了,他的妻也是我的朋友,今年才二十三四岁吧,他最大的儿子也只有六岁,小的一个还未满周岁呢。 智水这一死,这一家寡妇孤儿又将何以聊生,我想到这里真不知怎样才好,什么事也作不下去,吃完午饭,我就跑到智水家里去看他的夫人……唉,天呵！ 这是一种什么世界呢？ 太阳失了往日的光色，风发出悲怒的呼声，我才迈进他们家的门槛时，我的眼泪便泻下来了，我的两腿似乎有千斤重，简直抬不起来了！ 我的心忐忑的跳着，他的夫人满身缟素，伏在灵桌上哀哀的哭，我一把掣住她，什么话也说不出来，只有放声痛哭！ 最伤心是他的六岁的儿不住声叫着："爹爹呵！ 我要爹爹！"我将他抱在怀里，他的热泪都滴在我的手背上，唉！ 我的心真仿佛碎了，这那里是人间呢，简直森罗地狱也不过如是吧！

我到晚上才回家，深夜时我又找到智水送我的一本书——那是我们第一次见面时他给我的纪念品，那里知道这本书真成了我毕生纪念智水的唯一纪念物了！ 我看了这本书不免又想到人事太无凭了！

一夜又没好生睡。 可怜的菁！ 呵！ 一重重的刺激，接二连三的向我侵袭，怯弱的心又怎么担负得起。 唉！ ……

五月六日

连日心情不好，身体也失却康健，终日卧床昏睡，日记也间断了六七天，在病里剑尘时常来看我，他的热情使我暂时忘了形体上的苦痛，但是当他离开我的时候，我的心受了更深的谴责。

今天早晨他敲着我的房门的时候，我为了他那惯熟的声音，我流泪了，我转过脸去，闭上眼睛，装作睡着了；他轻轻开了门进来，见我睡着，他就悄悄的坐在对面的椅子上，我等到咽下了泪液拭干了泪痕，才装作初醒的样子。睁眼向他点头招呼，他走到我的床前，看了我半天，他叹了一口气道："纫菁！今天你的脸色更憔悴了，神情更黯淡了，唉！……难道我真不能安慰你吗？"我听了这话，不禁眼圈又红了，我转过头去。

四境现出可怕的死寂，我装作睡着了，听见剑尘轻轻的离开我的屋子，他叹着气出了房门，我知道他走了，我才敢呜咽的哭……唉！天呵！这真是太惨酷的刑罚呢，我那里是不需要安慰的，剑尘以赤心来爱护我安慰我，我那能拒绝，但是天已昭示我悲凉的前途了，我那敢任情，当热情如怒火在我心里焚烧的时候，我自己替自己浇下一桶冷水，我自己用剑扎伤我自己，我喝自己的鲜血！唉！这一切一切只有我自己明白……可怜我已是这样压制自己了，而结果剑尘还是受了我的影响，他现在的态度完全变了，从前他是很积极的，似乎不大明白悲哀的意义，然而自从认识了我，他感到人间的缺陷，他觉得自己的不幸，他前几天的信里有一段话道："菁姊！我近来也常常感到烦闷，所有的朋友，只看到我的表面，他们都认为我是乐观的人……其实我内心的苦痛是说不胜说呵！不过除了你没有懂得我的人罢了……"唉！剑尘太不幸了！我辞不得拉人下水的嫌疑……最使我惭愧的是一面想要追求生命的火花，一面自己又来扑灭它，这是多么矛盾的思想啊！

五月八日

今天已经起来了。下午星痕、致一、剑尘都来看我，并邀我到公园散散心，我答应了他们，吃完点心以后，我们便到公园去，这时已经是暮春天气，满地落红，残英碎瓣，因风飘零，真是春色阑珊花事了啊！我不免又想到人间花草太匆匆，不知不觉又是悲从中来，唉！真太脆弱了哟！可怜的灵魂！我自己慢慢的叹息着，但是星痕已看出我的神色来，她不由的也叹了一声，这时我们已来到荷池畔，致一露着有意撩拨的神气，对我道："呵，纫菁！你看流水落花春去也，天上人间。"剑尘听了这话，笑道："得咧！得咧！你几时也学会了这一套！"致一明白剑尘不愿意他惹我们难过，想到刚才所说的话，也不免有些后悔，因此东拉西扯的说些笑话，剑尘也是拿腔作势的谈了些作人的大道理。他们这样傀儡似的扮演，惹得我们又可笑又伤心，星痕不时拿眼瞟着我，我们的心灵正交通着呢，所以当两个人四目相对时，那一种无名的凄酸都冲上心来，眼泪打湿了眼睫毛。

我们在河畔坐了许久，才离开它，经过那条最热闹的马路到后门去。那时我们看见马路两旁坐了许多的人，当我们走过他们面前的时候，人们的眼光似乎都在我们身上激射，星痕悄悄说："纫菁！你信吗？……也许有人正在羡慕我们是青春的骄子，幸福的宠儿呢。"我道："这是可能的，而且我们也并不希望他们了解，是不是？"致一和剑尘听了这话，都说："你们也真是太神经过敏了。"我们不禁也笑了！

我回来以后记了今日的日记，也就睡了。

五月十日

下午剑尘来看我，我们谈得很痛快，他说："纫菁！ 我们真是弱者，你想吧！ 现在的这种社会，我们自然对它表示不满，按理我们应当打破这个社会的组织，而创造一个新的，比较差强人意的才是，但是我们仔细的想一想，我们镇日的咒诅现社会，可是同时我们还是容纳这个现社会，甘心生活于现社会之中，这不是弱者是什么？ ……"剑尘这一段话很使我受感动，我从来不大相信我是弱者，因为我的思想，是对一切反抗过；不过事实呢，我是屈服于一切。 从前，我曾作着理想生活的梦，我要找一个极了解我而极同情于我的人，在一个极美丽的乡村里过一种消闲单纯的生活，……最初是因为找不到同调毁灭了我理想的一半，现在以至于将来，假使有了这么同调的人，我又顾虑别人的不了解，或者要加以种种恶意的猜疑，卑鄙的毁谤，最后还是去不成。 我太没出息了。 为什么我要受环境的支配呢？！ ……不过我相信只要是一个人，不论是天才，或是平庸，谁都不能从环境的镣铐下面逃亡的。 ……不过天才是时时感觉得那镣铐的压迫，时时想逃亡——时时作着逃亡的梦，而平庸的人呢，他们渐渐的习惯了，不感觉镣铐是镣铐，最后他们与镣铐作了好朋友；天才与平庸之间，所差的不过这一点，要说逃出，谁也办不到，除非是死的时候。

五月十二日

这两天的心情又变了，实在最近一个月来，我虽然也常伤心，但是恍惚中还有一件东西，可以维系我——那就是剑尘纯挚的"爱"，但是现在，现在，我的梦又醒了，使我梦醒的原动力，与其说是受外面冷刻的讽刺的打击，不如说是我先天的根性是如此，——我的根性是飘浮的云，又是流动的风，我时时飘浮，我时时流动，有时碰到山中，白云也可以暂时安定，有时吹到山谷里，风也可以暂时息止，但是这仅仅是暂时的，不久云依然要冲出山，风也仍旧要逃出山谷，恢复它的自由，——我的灵魂本来就是这样一个不可捉摸的东西，剑尘固定的"爱"怎能永远维系得住我？到了这个时候，一切一切都失了权威。

晚上作了一首诗：

晨风不住的吹，吹起灵海里的悲浪，我咒诅，咒诅这惨酷无情的剧场！个个粉饰自己，强为欢笑舞蹈于歌场。

不幸这幻梦，刹那便完，最后人类了解那刻骨的悲伤！吁！这时候呵！爱情的桂冠也遭了摧残！翼覆下的一切，从此都沉默无言！

只有我的咒诅，仍充溢于这惨酷的剧场！

我把这首诗寄给剑尘去了，但是当我将信放在信筒里的时候，又不免有一点后悔……我知道剑尘他虽然很同情我，一切都肯原谅我，而同时他也最关心我的言谈举动，他比我站的地方要牢固得多，他的见解是比较冷静而理智的，因此我这首诗对他更是一个大打击了。唉！我越想越后悔，只得打电话给剑尘，告诉他我那首诗是写着玩，请他看过之后就烧了，或者根本就不用看吧！信差送到时就立刻烧了，但是他说他不能不看，最后他应许我无论如何，他不以这首诗介怀的。打完电话以后，我又不免可怜自己的不彻底。

今晚月色非常清明，我在院子里坐到夜深才去睡觉。

五月十五日

天气渐渐燠暖起来，热烈的太阳光，炙得窗前的藤叶，都软弱得低了头，人们呢也都是十分困倦的，扎挣着一直等到黄昏将近的时候，一切的生物才恢复了活泼的精神。

六点钟的时候，星痕来了，她手里拿着一束鲜花，穿着一身缟素，衬着静穆淡白的面容，一种脱然冷淡的表情，使我震惊了。真的，我每次看见星痕，我的灵魂都得到一种特别的启示呢。

　　她放下手里的浅红芍药，问我道："你这时候有工夫吗？……"我点头道："怎么样？ 你要我陪你到南郊去吗？""是的。"星痕说完叹了一口气。 我说："好吧！ 我也觉得这几天太沉闷了，出去玩玩也许痛快些！"

　　不久我们到了南郊，这时的斜阳，温柔的照着一望无际的碧草。 一阵阵的清风，吹干了身上的汗液，身体上一切的压迫都轻松了，这时候的灵魂也得了自由，不必为着身体的痛苦而撑持了。

　　我同星痕顺着一条土道来到坟园。 那里有许多坟墓，有的是土堆起来的，坟头上已长了野草，有的上面新添了土，旁边有纸钱的残灰。 有的建筑得很讲究，坟是用白石砌成的，坟前竖着白色的石碑，碑上的字都掺着石青，颜色碧绿。 星痕走到这座坟前叹了一口气，将鲜花放在石碑前，怔怔的静立着，我偷看她的脸，十分悲惨，一滴滴的眼泪直泻下来，流到坟前的土里去。 我的心也正绞着酸辛的情绪，我不能安慰她，只有陪她落泪。

　　她哭了许久，才渐渐止住了，这时天色渐渐黑下来，郊外的地方，人少坟多，再加着晚风吹过碧苇，发出凄凉肃杀的声音，使得我们不禁胆寒，只得忙忙找着我们的车子回来。

　　我约星痕到我家来玩玩，她似乎很难过的拒绝我，我知道她的脾气也不愿勉强她，我们的车子进了城时就分路了。

　　今晚我独自坐在葡萄架下看北斗，寂静的小园中，时时听见蟋蟀的鸣声，不知不觉又惹动了我的愁绪，想到今天和星痕郊外悲楚的神情，胸头犹有余酸，我想着我和星痕两个人，真可以算是一对同命的可怜虫，这个世界上除了我没有人了解她，除了她也没有人了解我，我们常常把自己粉饰得如同快乐之神，我们狂歌，我们笑谑，我们游戏人间，但是我们背了人便立刻揩着眼泪。 有许多朋友对我说："纫菁！你原来是这样活泼，而多情趣的人呵！ 但是在你作品里，我所认识的你，却和你正相反，到底那一个是真的呢？ ……"我听了这话，常常只有一笑，因为我不愿意对不了解我的人解释我自己，而且这是我仅有一点虚伪的幸福，我只要作得到，我总把自己扮饰得比谁都高兴，比谁都快乐，在这个世界上，能够多骗得一个人羡慕我，我就比较多一分的幸福。假使有一个人，为了我的快乐而妒忌我，我更感到幸福了。我最怕人们窥到我的心，用幸灾乐祸的卑鄙的眼光怜悯加之于我的时候，那比剐了我还要难过，因之我从来不愿向人类诉苦，我永远装作快乐的面孔，对于伤心的事情，似乎都不足引起我的注意。 ——除非那一个伤心人能了解我，那么都等到欢筵散后，舞台闭幕的时候，我可以找到她我们一同流泪，一同掬出心的创伤彼此抚摸。 ……无论如何！ 我总不肯向幸福的人的面前叹一口气，我总得装得我比他更幸福，我总得挫了他骄傲的气焰，我要看他如小羊般服服帖帖的跟着我，直等到他向我恳求怜悯的时候，我才心满意足，用卑鄙不屑的冷笑报复他，使得他十分难堪后，我才丢下他扬长而去。

我记到这里，忽然想到星痕给了我一个绰号，她说："纫菁！……你是一碗辣子鸡！"我现在觉得还不够，将来总有一天，我将变成最辛辣的红而多刺激性的辣椒糊呢！

五月二十日

人真是太懦弱——我更是弱懦中的更懦弱者——因之我今天又受了不可忍的打击，直到如今我的心还是流着受伤的血。

今天在一个朋友家里吃晚饭，在座的熟人很多，致一也是一个。饭后我们在院子里闲谈，致一忽向我报告说："纫菁！你知道有人在说你的闲话吗？"我脆弱的心弦紧张了，紧张得将要绷断了，但是我还极力镇定，装作不在乎的样子，冷笑道："我早知道总有这些不相干的闲话……但是你是从哪里听来的，他们又是怎么个说法呢？……"致一道："自然我也知道那是不相干的话，但是人类浅薄的多，……所以也很讨厌呢……""哦！到底是怎么一件事呢？你早点说罢！"我的心不住的跳，我有点沉不住气了。致一笑道："他们说你和剑尘发生恋爱……并且说你们快要结婚了。……其余还有些轻薄话，也不必说了，我听了都觉得可气。……"

我听了这话，虽是极力不去介意它，但是不能，……我的眼圈红了，致一见我很难过的样子，他赶忙安慰我道："我早已替你辩白过了，……随他们说去吧！ 又有什么关系呢，……那些人真太爱管闲事了。"我们正谈到这里，萍云他们走过来，我们只得不再谈下去了，我怔怔的坐着，心里一阵一阵的酸哽上来，我想人们这样议论我们，自然不是什么善意的议论。 唉！ 真是不幸，现在我又成了众矢之的了！

我知道这个闲话，一定传得很久了，前天见着星痕她曾对我说："纫菁！ 你要留意你的前途，现在人们都对你重视，完全是为了你能扎挣于苦厄的命运中，如果你要是在人前现露了怯弱，便立刻要被人鄙视了。"当时我听了这话不明白所指，现在我才清楚了。 唉！ 是的，我为了要得人们的重视，我只好永远扎挣于苦厄的命运中，还有什么可说！还有什么可说！

五月二十三日

今天我在冀姐的家里，见着美生，她还是从前那样的娇艳，流光催老了一切，但是没有损害她的分毫，——那一双含情的俏眼，细而且长的翠眉，含着愉悦的笑容，呵！ 一切一切都和七年前一样，——她幸福的梦，也和七年前一样的沉酣，当然这不免使我嫉妒——不过嫉妒又何济于事！ 最后我只有恨天，为什么在所有的人群中，偏让我有点特别！

唉！ 天，它给我的一双夜莺的眼，永远追求人们所忽略的夜之神秘。 它给我的是琉璃球的头脑，我看透一切事实的背景，因此我无论在什么样的好环境里，我只感到不满足，我总是不断的追求，所以我的好梦比谁都容易醒。 唉！ 而今呵！ 我造成我自己为一首哀艳的诗歌，我造成我自己为一出悲剧中的主人。

我们今天谈得很有趣，——本来今天这样的天气，槐花的清香，时时刺激人们麻痹的脑筋，合欢树开着鲜艳的红花，时时向人们诱惑——自然这是很合宜谈讲许多浪漫事迹的环境，最初是巽姐的一声长叹，引起美生一篇有趣的议论，她说："巽姐！ 这正是良辰美景奈何天，赏心乐事谁家院！ ……"巽姐看着我凄然的一笑，我不由得对她说道："只为你如花美眷，似水流年！"巽姐听了这话不禁也低吟起来，美生就借着这个心的空隙，直攻进来，说道："巽姐！ 快一点找一个爱人吧！ 不要辜负了你的青春呵！"这句话又引起我一个特快的意想。 我细细将巽姐上下打量了一番，觉得巽姐的确很美，——身材窈窕如玉树临风，五官又非常清秀，真好像日光下的一朵玉簪花，但是最后我发现了一点缺陷，就是巽姐的脚，是缠过的，现在虽然放了，但仍然有包缠的痕迹，我不禁笑道："巽姐！ 你如果是一双天足就十分美了！"巽姐摇头道："还好我不是天足，不然岂不更可惜了吗？"美生听了这话也不禁叹了一口气说道："巽姐！ 人生不过几十年，何必自苦如是，我看你和纫菁都应当找个结束！"美生说到这里，停了一停，又向我问道："纫菁！……听说你和剑尘很好！……那么你们就赶快结婚罢！"巽姐听见美生的话，也回过头来看着我。唉！这时我心里不由得一阵凄酸！我想到世界上的人尽多，为什么能了解我的人，却这样少——简直少得等于零呢！美生和巽姐总算和我比较相处很久，而她们还是这样不清楚我，别人就更难说了，我一直含着泪默然无言，美生还是再三的要问我究竟，后来我忍着悲痛答道："美生你放心吧！纵使天下的有情人都成了眷属而我也是除外的，……我和剑尘不能说没有感情，但是我愿意更深刻的生活下去，我不愿把一首美丽的神秘的诗歌而加以散文化……"美生点头道："自然你也有你的道理，不过剑尘他未必也这样想吧！"这话真正的又是很厉害的戳了我的心，我说："唉！……如果剑尘也作此想，那么缺陷的人间，至少也有一件美满的事情了！可是现在呢……我是无意中伤害了一个青年，我只想取得人心的热情，我却没有防备其他的事实……而且剑尘的环境又是个非结婚不可的，……现在他是比从前憔悴了消瘦了，唉！美生，我近来正为这些事情焦愁呢！……"美生想了一想道："纫菁！……我有一句肺腑之言对你说，我想你一定能够采纳，……我想你既是不能和剑尘结婚，你就应当疏远他些，不然将来的结果真不堪深想！"我听这话真是感激得流下泪来，"我何尝心里不是这样想呢，但是天呵！我的心是空落落呵！"巽姐见我哭了，她也陪着我落泪，后来我实在不能再支持了，我就辞了她们回家，到家后我又喝了半瓶葡萄酒，泪痕酒滴把一件白色的绸纱弄得斑烂不堪。……直到了苦酒在心里燃烧时，我无力的躺下了，天呵！真太残忍了哟！

五月二十五日

这两天心情坏极了，真好像是一所战场，在那里僵卧着惨白无血的死尸，满场都是殷黑色的血污，呵，多可怕的战场呵！……可怜这就是我的心哟！我不愿和剑尘结婚……我打算疏远他，但是真可羞呵！我一面替他介绍他的配偶，而我一面暗暗的揩着眼泪。我常常想：假使有一天剑尘和他的妻站在礼堂里行婚礼的时候，我心里的剑尘也就同时离开了我，这时我成了沙漠中的旅行者，而且是黄昏时唯一踯躅于沙漠中的旅人，说不定什么时候飞沙将我掩埋了，唉！这样的运命我又怎能抵抗得了呢……可怜我竟因此疲惫了！但是我还不能不拭干了眼泪，写这封是泪是墨，不容易辨认的信，给剑尘。

我写道：

　　剑弟！……我已经撕碎了我们理想的幻影了，人间只有事实——这些事实自然要逐件的解决，那么你的婚姻也正是应当即刻解决的一件事情，唉！剑弟！你父亲的银须，雪亮的在胸前飘拂着，母亲的双鬓，也似晨霜般的闪烁着，呵！他们老了！他们希望他们的爱子赶快成家，不但那是他们的责任，也就是他们劬劳抚育所换来的一点报酬，因此剑弟！千万不可违背他们的话，他们对于你的事情真够伤心了！我记得前夜，我在你家里吃饭，我同你妹妹坐在堂屋里说闲话，你的母亲，提起有人给你作媒的事情……你母亲为了你屡次的否认，她非常伤心，她叹着气对我说："菁小姐，你不知道，我也老了，其实也管不了许多，不过我两个眼没有闭上，一口气没有断，我总不能不问他们的事，再说剑尘也已经二十五六了，也是该成家的时候了，那里承望他张家不要李家不行，将来不知要娶个什么样子的呢！……也许我看不见这个媳妇了……"唉！剑尘！她老人家的话，真使我听着伤心，当时我看了她老人家那种悲凄的样子，我真恨不得跪在她的面前痛哭，我将对她忏悔……唉！剑尘！我真觉得我是你母亲的罪人，我真对不起她！所以你如果想使我的灵魂被赦免的话，你赶快顺从母亲的意思结婚罢！剑弟！你为了你一双年迈的父母，为了你可怜的菁姊！你在人间扮演一出喜剧罢！

　　　　　　　　　　　你的菁姊

　　呵！多谢上帝，给了我绝大的勇气，叫我写了这封信，但信是发了出去，我呢！深深的感到人间的寂寞了，……眼前除了一片广大无边的沙漠外一无所有，唉！ 我禁不住跪在母亲的遗像前，向她哀哀的低诉，似乎她的眼也凝着泪向我看着，……呵！ 母亲！ 你如果有灵，你快些来接引你这可怜的女儿吧！

六月一日

我现在又感到心的空虚了，有时虽然剑尘的纯情依然使我沉醉，然而天呵！ 我不敢不自己打破这个幻影，因为我很明白，这终于是一个自骗的幻影呵！ 我想在这种可怕的情形下，只有设法忘了我自己，像一个喝毒酒的醉人，——虽是酒醒的时候，更要感到空虚与冷漠——不过时间总可以减少一些呵！ 生命在我没有恩惠，只有仇怨呢！

我实在想不出更好的法子，——除非我是忍着心痛扮演一出又可悲又可怜的滑稽剧……！ 然后使剑尘恨我，卑视我，从此我在他纯洁的心里，失掉从前的地位，因此也许可以增加我一些勇气！ 疏远他。

这两个月以来，我摒绝了一切无聊的酬应，我疏远了许多泛泛的朋友，——我起初很想对自己的生命忠实些，换句话说就是平心静气的作人，然而现在，现在，一切都变动了，我才晓得我这样的人，就不能对我的生命忠实，我就不配平心静气的活下去，实在的，我是更深的认识了我自己，认识了天给我安排的宿命。

　　我今天的心绪乱极了，我的心绞结着种种不能清理的情绪，我好像是一个失了方向的旅行者，独自站在满目黄沙的旷野，眼看着落日只剩了一些淡淡的余辉，而我还是找不到一个躲避风沙猛兽的地方，只有看着黑暗的大翅膀，从我头顶上盖下来，那时候我将如死尸般僵卧在沙漠上，我失却了一切反抗的力，只有任运命的尖刀在我身上狂刺，我的血便如鲜艳的桃花般，一点一滴的染了我的衣服，染了黄色的沙土，直到我的血流干，我的死尸成了白骨的时候，天虽有些亮了，然而我已经等不得了！

　　不过我也有一个愿望，我不敢向宿命求赦免，我不敢向人间求怜爱，我只愿把绞刑改成枪毙，使我早一些归来，……呵！我常常幻想着一个可怕的将来，——我耽延我的生命直到"老"找到我的时候，那我比现在更要难堪……现在我虽是遍体疮痍，然而我还能扮饰得自己如春之女神，我的力量尚足诱惑一般浅薄的人们，使他们追逐着我，向我唱出欢乐歌调，虽然这只是使得人们听了肉麻的粗俗的歌调。

　　然而形式上也比较得热闹些了，……可是到了老来的时候，我连扮演的力量也没有，诱惑的力量也失去了，那么那些浅薄的人也都远远的躲着我，呵！到这个时候呵！不但心是寂寞得不能形容，身也将枯寂得如同到了鬼境，唉！这怎么能再忍受得了呢？……这个可怕的幻影时时在我眼前涌现，使我心里觉得有快死的必要……可是我生性更是脆弱得可怜，积极的自杀，无论如何我是没有勇气的，——而且我一想到自杀时那种的狞状，我的什么心都歇了，我还是让运命慢慢的消磨吧！ 总有一天生命的火灭了，我自然可以闭目安静的死去，并且我也算和星宿奋斗了一场，最后虽是失败，也可以无愧于心了。

呵！ 天！ 我现在是决定间接的自杀，我想尽能糟蹋我自己的方法，烟酒不是最伤身的吗？ 然而现在爱它，我要时时刻刻的亲近它。 熬夜不是最伤身的吗？ 现在我每夜都要到歌舞场中，或者欢宴席上，消磨夜的时光。 总之怎样能使我生命的火，快些熄灭，我便怎样去作。

六月三日

今天我又喝醉了，醉得失了知觉，——

黄昏的时候，我到报馆去找致一、萍云，恰好遇见莫君和锡——这是我最近才认识的朋友，莫君是一个有孩子气的大人，他的相貌非常有趣——好像痴呆同时又是特别的深刻，最有趣是他说话的语气和腔调，滑稽有趣，但是有时言浅意深，使人笑口才开，立刻又感到深心的打激，至于锡呢，平日我们谈话的机会不多，不过今天听见萍云说他的过去——有诗意的哀艳的过去，因此帮助我对他不少的了解——他是一个深于情的伤心人呢！ 我们谈得很有趣，谈到前几天莫君请我们吃饭，我和萍云的酒，都不曾尽量，我对他说："莫君，一个人是那样希望刹那的沉醉，而且忘掉暂时的痛苦，这种人是怎样的可怜，你为什么偏偏忍心不让他醉，——连这一点微小的愿望都不许他满足呵！ 真使我永永不能忘记你的残忍……"莫君听了我的话，皱起那一双浓眉，细眯着眼，叹了一口气说道："呵！ 纫菁！ 何必呢！ ……下次一定请你痛饮如何？"锡说："纫菁！ 我今天请你痛饮，……你可以尽量好不好？"萍云没有等我答言就接着说道："真的吗？ ……锡我虔诚的恳求你一定履行你的约言，今天谁也不许阻止我们！ 让我们这些可怜人醉一醉吧！"锡说："一定！ 一定！ ……不过也不要闹得太狼狈了呢！"萍云说："管他呢！ 狼狈又怎样，我们反正是消磨精神，零卖灵魂的呵！ ……"锡似乎很脆弱，禁不起再深的打击似的。 他低下头，默默的注视着地板。 后来他又仰头吟道："举杯消愁愁更愁……"致一这时只坐在旁边微微的笑着"唉"了一声道："你们这都是干什么的？ ……要喝酒就走吧！ 时候也不早了，恐怕巽姐和美生都已经去了呢！"我们被他的话所提醒，才都从牢愁的梦里醒来，如疯子般狂叫狂跑的来到大门口，坐下车子到长盛楼去。

我们到那里坐了一坐，美生和巽姐就来了，于是大家点菜，而我和萍云两个人的心却不在菜上，只预备如鲸鱼吞江海似的大喝一场，如果能够就此把世界吞下去了，也许人间的缺陷也同时消逝了！

不久伙计摆上冷荤碟子，跟着两瓶花雕也放在桌上，先是锡替我们每人斟了一杯，美生和巽姐还斯斯文文的没有端起杯子来；而我和萍云彼此高举玉杯，厮看着叫了一声"喝"，一杯酒便都干了，跟着又是第二杯，我们俩人不过每人七八杯，已经把两斤花雕弄光了，萍云对着锡叫道："快些来酒！锡今天晚上可不能再失信的，……谁要不让我们喝够了，你瞧着，我们有本事把这桌子全推翻了。"锡忙应道："喝吧！喝吧！不用着急，有的是酒！"美生瞧了我们那近于疯狂拼酒的样子，几乎吓呆了，在她的生命里只有温柔与甜蜜，她从来没尝过这种辛辣的味道，也没有看过这种悲惨的样子，……她拉着巽姐的手说道："这是为什么？唉！我看了真难过，你快叫她们不要喝吧！"巽姐摇头说："她们已经疯了，那里管得住呢，……唉！来！让我也陪你们喝一杯。""好！巽姐你也许比我们幸福些，不过你能陪我们这一杯酒，我们要深深的感谢你呢！"美生的脸色都变了，她呆呆瞧着我们，锡也是陪着我们一杯一杯的吞下去，莫君只把紧酒壶说，"慢慢的！你们要喝酒可以的，何必这样拼呢？……呵！纫菁、萍云！——"我和萍云这时已经喝了二十几杯了，大约总有三四斤酒罢！菜一碗一碗的摆在桌上，谁也顾不得吃了！后来萍云对我叹道："独醉吧菁！……至少可以忘去你一切的伤痕！……唉！什么梦都作过了，而什么梦也都已经醒了哟！"我听了萍云的话，好似听见半天空一声焦雷，把我从醉昏昏的世界里抓出来，摔在冰凌似权的深渊里，我感到刻骨的冷硬，我觉得非常的痛苦，我无力的倒在一张藤椅上，我辛酸的眼泪便从那一双紧闭的眼里流出来，……我看见母亲惨淡的面靥了，我听见元哥长叹的声音了，一切过去的悲哀，又都一幕一幕重现眼前，而目前的一切现实，反倒模糊得如从重雾摸索前尘，只见一片茫茫，什么也看不见了。

不知什么时候，她们把我扶上汽车，也不知什么时候，我是睡在自己的床上。……在我醒来时，我头涔涔的痛，我的口干得像要冒火，低头一看，出门时所穿的衣服也不曾脱，大襟上满了黄色和血色的斑点，大约是醉后吐的残痕，其中还有许多水点，大约是眼泪了，我为了自己这种狼狈的样子，由不得又流出辛酸的泪来。……隐隐的看见窗外的星光，和在星光下树影的摇摆。呵！光那样幽碧而闪烁，影子呢是那样捉摸不定！夜之神哟！你现示着我可怜的心的象征呢！……我追寻着这幽光暗影下的一切，不知什么时候入了梦。

六月五日

这两天以来，害了酒病，什么事都不能作，全身的骨节酸痛！动弹不得，心里呢，也是怅怅如同失了什么，唉！这是刹那沉醉后的报酬呵！

下午剑尘有电话来，我告诉他我病了，他似乎已经知我是因为拼酒而病的，当他用那种又似怨愤，又似怜惜的音调说道，"纫菁，何必那样糟蹋自己？"……我什么话也再说不出来，我怔在电话边，如同失去了知觉，好久好久，才被电话那面"突突"的声音震醒了，我只说了一句"没有什么事了挂上吧！"……我也不等他的答复便挂上耳机，跑到屋里，不禁痛苦的哭起来。"唉！ 天，我何必那样糟蹋自己？！"……我也曾想过真是何必呢？ 无奈我无法忍耐这缓刑的长时间的难过，还不如我自己用力刺伤自己的心，也许痛苦可以减少一些。 可是天下的事太复杂了，我所感受的也太复杂了，我现在好像困于非常杂乱的网罗里，我真不知道怎样可以逃出这可怕的环境。 唉！ 只好让它去吧！ 不必求解脱也总有一天自然解脱的。

今天下午依然扮饰得如娇艳的玫瑰似的，去赴友人的盛筵。 ……反正不到那一天——手足僵硬得没有办法了，脸成了枯腊脂粉也涂不上了，我总得打起精神来扮演的。

六月八日

美酒高歌，我又厌倦了，不但厌倦，我简直对于这一种生活发出诅咒的呼喊了，可怜我寂寞的心，更寂寞了！ 我的心弦，永远弹着孤独的单音，我静静的听，甚至整夜不睡静静的听，——我希望万一能发现谐和我这单音的歌调。 然而那有——这只是永永远远的幻想啊！ 我将永远弹着单音，直到我死去吗？ 然而我总不甘心，我还要奋勇的敲开人们的心门，我不信我永远是站在人们心门之外的。

　　我近来的行为，也许是更无羁了。 我自己可是并不觉得，不过据剑尘说，我近来的态度大大的变了；他为了我这种不可捉摸的态度很伤心，他怀疑我对他有什么不满意，他畏惧将要从我心里失去从前的地位，他那种因疑虑而憔悴的精神，真使我难过！ 他有时很气愤我对他的不忠实，我也不愿意申辩，因为我怕申辩之后，更显然他的不了解我。 ——我不是更要感到寂寞了吗？ 而且我故意疏远他的一片隐衷，他哪里知道，他近来见了我总是露着怨愤的颜色，唉！ 可怜我也只有咬着牙忍受吧！

　　近来我的心是分外空虚，而我的思想却如乱麻般在心底交萦着，我的灵魂，它是多么狼狈啊！ 因此我现在的生活更不安定了。 我好像一个渴极饿极的夜莺！ 我捉住玫瑰的枯瓣，用力的吮吸。 我看见萤虫的绿光，我以为是深夜的露珠，我拼命的抓住，……及至明白我的错误时，又将怎样失望呢！ 我，渴得几乎发了狂，心头的火焰看它高起来，一尺一尺的向上高去，最初看见我血淋淋的心被它烧干，渐渐成了灰，以后我的全身慢慢的都变成冰冷的灰了。 唉！ 天啊！ 这是多么残忍的荼毒呢！

　　昨夜我几乎通夜没有安眠，我对着满天星斗卜我的未来的命运。 我对着黑影问我未来的休咎。 然而无效！ 它们永远是沉默着，冷淡的看着我！ 我愤恨极了！ 从床上跳了起来，把绿色的窗幔撕碎了；一片一片的飘在地上，然而一切仍然是那样冷淡——没有同情，这时我才明白我真正是世界上的孤独者，我禁不住发抖，我悄悄的倒在地下，也不知道经过多少时候，我是失了知觉。及至我醒来时，世界已经变了，夜早不知躲到什么地方去了！明晃晃的阳光，射在我的身上，啊，好惭愧我依然还扎挣于人间！

六月十日

我真没有方法使我自己安静，我甚至不敢一个人独坐在房里，因为我的心是太纷乱了，它好像一架风车一般不住的鼓荡着，我真是支持不了，我无"目的"的坐上车子到街上乱跑，当车夫拉起车把问我到"哪里去？"，我怔住了，只得胡乱答应道："上西单牌楼吧！"车夫如飞的跑了，不一刻就到了西单牌楼，我惘然的下了车，站在电车站旁，车夫以为我是等电车的，就说道："您上哪儿去，我再拉您去不好吗？"我摇摇头拒绝他了，他只好扫兴的走开了，我等他走远了，我又跳上一部车子说："到天桥去"，到了天桥，我又坐着车子回到家里，当我走进我自己的房门的时候，我不禁掉下泪来，世界这样小，我跑了半天依然还在我的屋里！？而且我跑了半天，我怎样什么也没得到依然是空虚的。……

下午睡在床上，仿佛失了知觉，直到太阳下了山，夜幔盖住了阳光，我才渐渐的醒来，我照着穿衣镜，慢慢的看见了我的形体，我漂泊的灵魂，才又回到这可嫌憎的躯壳里来。

　　吃完晚饭的时候，姑妈问我今天一天到什么地方去了。我瞪着眼注视着姑妈，我不知道怎么样回答才好。　姑妈见了这种样子，露着惊奇的眼光，向我脸上打量，我被这种探索的眼光所惊吓了，我不禁打了一个冷战，我撒谎了，我说我去找巽姐玩去了，……此刻不知为什么头很痛呢！　自然这话可以把她们对付过去，不过姑妈很聪明，她好像知道我有说不出来的苦衷，她连忙应了一声，低下头吃饭不再看我，但是我觉得，她的眼还不时偷偷的瞟着我呢。

六月十二日

　　天呵！　我耐不住了——暗愁的压迫使我失了常态，这时我想从这个压迫底下逃亡，我去找那些不相干的人玩，素日我最看不上的，那些只有躯壳没有灵魂的人，现在我似乎离不了他们，天天和他们厮缠着，于是看电影，吃馆子，一天天的接着这样鬼混下去，也许他们是故意的敷衍我，然而我现在不管这些，我总认为他们陪着我玩，是再好没有了。

　　现在我不愿意看见比较了解我的人，因为我正扮演着一出神出鬼没的滑稽戏文，我不愿谁用灵的光，来点破我所创造出来的愚迷，所以我好几天不见剑尘，他有时来看我，我也淡淡的不大同他说话。　他自然是摸不清我的心，因此他恼怒了，也是冷淡的对待我，但我好像一点不觉得似的，好像这种冷淡是很自然的。

今天他来看我，一走进门我只冷冷点头让他坐下，他默默的望着窗外的天出神，我呢，低头看一本新买来的小说，大家都像有什么芥蒂似的，屋里的空气，和我们的心，都是一样的紧张。然而我们是一直的沉默着，后来他站了起来，拿着帽子预备回去，他含着怒愤对我说："纫菁！你也稍稍给我留一点余地。"他的话自然是指着我近来的态度了，不过他又哪里知道我的苦衷呢？！当时本想分辩几句，然而再想一想，一个人既然找不到能了解自己的人，而偏去向他解释，太没有意思了。因此我只淡然的苦笑，并不去理他，他自然更是含着愤恨，最后他长叹了一声，头也不回的去了。他刚走，我的眼泪就禁不住流下来，我把门用力的推上，"砰"的一声响，震醒我自己因伤愤所迷失的灵魂，四面一看，我才更清楚的认识了我自己，认识了我现在的地位呵！天！我太孤单了哟！

晚上我接到剑尘派专差送来的信，我的心忐忑不安，我怕——那冷酷的讽刺，我把信拿到手里很久很久，我的心只是不停的抖颤。我不敢拆开来看，我睡在床上，我努力的镇定我的心，我好像立刻要绑赴法场的罪囚，我想象那将要来的荼毒。唉！我真恨不得把我的灵魂，赶快离开这个世界！

我睡的时间也许没有我觉得的那样长久，当我起来拆信时，我仿佛听见报时的钟声只打了九下，送信来的时候大约是八点四十分，可是天知道我恐惧战兢的心，好像经过一个可怕的长世纪呢！　现在我把信拆开了，我往下一字一字的念了。　他说：

菁姊：(请你恕我还是这样称呼你)

你是知道我的为人的，我不愿意在平淡无奇的生活里鬼混，我更不愿意在虚伪欺骗里生活。如果是个极相得的朋友，只要他曾经有一次欺骗我，而被我知道的时候，我就不愿意再和他交识，我情愿没有朋友，一个人永远孤独，我不愿勉强敷衍面子。

我的为人虽然没有一点长处，虽然只是一个平淡无奇的人；自然我不配得到社会任何人的赏识与了解。不过倘使有人要能以国土相许的时候，我也很能忠诚的为这人服务，无奈这都等于梦想，从来就没遇到这一种幸运！

我自己也许没有确定的见解，然而是非恩怨我是懂得的，只要别人不以虚伪相加，我也绝不会以虚伪待人；否则要耍手段我也不见得不会。

我平常虽然很理智，但同时我也有热烈的感情，我也是很易受刺激的，所以当我看见你和别人亲近，而把我置之脑后的时候，我的心就如同受了极剧烈的弹伤，我当时的气愤，和灰心，我自己真也形容不出，大约我那苍白的面色，和失望的神情，你也不至于没有见吧?!　唉!　纫菁!

你难道真这样忍心吗？

　　唉！世界上的事情变化得太厉害了！但是我真想不到你的变化，更是不可捉摸的呵！纫菁！最后我只希望你不要忘记了自己的前途，好好努力你的事业……酣歌宴舞，固然可得到刹那的快乐，但是你要想到欢宴有散的时候，舞台也有闭幕的时候呵！再见吧！菁姊！

　　　　　　　　　　　　　　　　　　　　剑尘

　　这封信是看完了，当时我心情的剧变，比夏天的云的变化还要厉害，我一时觉得伤心，一时又觉得气愤，一时又觉得委屈，一时又觉得世界上的人太浅薄了，我有些鄙视他们，这种多料的毒剑，刺伤我的心，我看着那一滴一滴的鲜血，由胸前流了下来，那血总有一天把我飘起来，送到天为我预备好的坟墓里去，那便是我的归宿。

六月十三日

　　昨夜睡不着，心里是满着绝望的凄调，在夜深人静的时期，我悄悄的坐了起来，天上有点薄薄的凉云，星宿在凉云后面静静的闪视，我跪在母亲的遗像前，虔诚的祈祷，我告诉母亲我坎坷的运命，但是母亲只含愁凝注着我，她再不肯用温柔的声音诏示我，那时我怎样需要安慰呵？　我如同恶虎得不到食物般，由悲哀而变成狂愤，我用怒火燃烧着的眼光注视母亲的遗像，我要把我还给她，我再不愿意扎挣了！ 然而我忽见我母亲的眼里，似乎流出泪来，星光闪在玻璃框上，是那样静默幽深，我的愤火低下去了！ 我抱住我的头痛哭……最后我失了知觉……

今天早晨心口作痛，又犯了肝气病，然而我不愿意爱惜这无用的身体，现在我就希望它一天一天的破损，等到那一天成了灰，我的灵魂便解脱了！

下午想到回剑尘一封信，怎样的写法呢？ 他的信是那样的有刺……唉！ 可是同时我想到这种由愤恨而淡忘的情形，本来就是我的计划，现在第一步已经作到了，不是可以骄傲了吗！ 为什么倒因此而怨恨呢？ 唉！ 太愚蠢了哟！ ……可是剑尘的性情我是很清楚的，他有时可以作出出人意料的激烈行为，因此我这封回信更难写了！ 我只得暂时先缓和他紧张的心吧！ 唉！ 纫菁！ 一劫未平一劫又起！ 然而这是天心呵！ 反抗又有什么用处呢！

我扶枕给剑尘写信，——我的眼泪是一直不曾干过，我写道：

　　剑弟！

　　我病了！ 我心口痛，头晕，然而这都不算什么，可怜我的心是受了毒镖的射击！ 我的心是得了可怜的伤损！ 现在我是睡在床上给你写这封信。唉！ 剑尘！ 请为了我的苦难，特别的原谅我，——冷静些听我凄楚的诉说：

剑弟！你说我近来态度变了，不错！

真的变了！但是我所以变的原因，乃由于我的苦闷所迫成的，我怯弱，我没有伟大的扎挣力，我受不了苦闷的锤子的打击，我要想从那里逃亡，——逃亡的伟大的扎挣力，逃亡的唯一方法，就是毫不顾忌的浪漫，然而不幸！你是爱我太深了！你所希望于我的太大了！结果我的浪漫，就变成你最深刻的苦闷了，唉！剑弟！你对我的诚挚，我虽粉身碎骨也难图报于万一，我何敢亦何忍使你过分难堪！不过近来我的心境太坏了，因此我们每次见面，差不多都是不欢而散，——我的心太郁抑了，我只有设法消遣，因此我对我自己的生命，开始不忠诚，我欺骗我自己，……也许这要影响到对你的态度——你所说的欺骗了。

可是剑弟！我求的是刹那的遗忘我自己，我求的是暂时苏息我苦楚的灵魂，哪里知道，这又是铸成今日彼此苦痛的原因，当然是我对不起你！不过请你再认清我的身世，——我是塞外的一只孤雁，我是被幸福摒弃的失望者，我不希望在人间有悠久的岁月，因此在这短促的生命里，我希冀热闹些，为的这日子比较容易混些，况且我也不愿任何人对于我沉迷太深，以致妨害他们将来的幸福，因此我不愿用愚笨的忠诚对待我的朋友；尤其是我认为好的朋友。

我自从觉悟到这一点，我变了我处世的态度，我要疯狂，我要浪漫，我要热闹我自己，同时我也要蹂躏我自己，总之越快收束越好！

剑弟！世界上对我最忠诚的是你，所以我最后希望你认我是你的亲姊妹，——一个可怜飘泊的姊妹，你原谅她，你包容她吧！

你看见我和别人亲近，你自然要感到气闷，不过你看明白我对别人的态度，更明白我的委曲的心事，呵！剑弟！我知道你绝不忍以鄙视的眼光对待我，以残酷冷笑讽刺我了！

唉！剑弟！各人都有前途，而我的前途呢也许是有的，然而那只是孤单黯淡的前途呵！到倦鸟各归林的时候，我还是独自踯躅于荒郊。剑弟！像这样的人你又何忍过严的责备她呢！

剑弟！我不恨别的，我只恨命运太播弄人了，我永生都是命运手中的泥；但是剑弟！你太不幸了，我对你将终生负疚，我只祷祝你将来有一快乐的家庭，好好的生活，那时候我或者可以免除一些罪孽。

剑弟！我现在是你阶前待罪的囚犯，我只求你大量的赦免我吧！

我也知道这个世界，绝不是我的世界，总有一天我将由这个世界逃亡，我现在是更深一层的感到悲凉了，我不敢希冀任何人的温存了，我愿生命愈短促愈好，我实在不能忍受这残酷的折磨！剑弟！我虽然是你认为虚伪不堪的怪物,但是这封信我确是含着凄楚的眼泪写的,你相信否? 我没有请求的权利,只愿将来我死后,能因为了这封可怜的信,你少恨我几分吧!!

纫菁

六月十六日

这两天的空气燥闷极了，太阳闪着灼炙的热光，人的体温抵抗不了外面的高热，感到十分的疲软，更加上我狼狈的心情真是内外交攻，我简直没有扎挣的力量了。下午美生邀我吃饭我也拒绝了，——往日我能够压抑住悲伤，在人生的舞台上扮演，今天我觉得我失去了这种能力，我只感到心底的凄酸，我只看见我破裂的心房，不停的流着血滴，……镇日昏沉的睡在床上，看着窗前的藤叶，在风中涌起碧浪，——我便直觉到我孤独的，飘浮海心，无援的悲伤，在这种绝望的时候，我只希望世界发生剧烈的变动，我或者可以在一切经常的束缚中逃出来，然而这只是些无益于事实的空想，造物主那肯轻易释放了他的罪囚呢!

晚上剑尘有电话来，他说他接到我的信了，他很难过，他想要即刻到我这里来谈一谈，我听了这话禁不住心酸落泪，我实在怕见他，我不愿使他看见我可羞的怯弱，我不愿使他看见我冷寂空虚的心，这时我是在追求生命的意义，但同时我是避免我所追求到的东西，我回答他今天时候太晚了，明天再谈吧，他怅叹的挂上了耳机，同时我的心感觉到不安和压迫！

六月十七日

今天剑尘绝早就来了，他憔悴的神色和微红的眼圈，很鲜明而剧烈的刺激我的神经，我全身不住的发抖，我怔怔的望着他，我连请他坐都忘记说了，他抬头望着我，也许他已看出我的狼狈，也许他正在后悔他对我过甚的责备，他挨近我的身旁，很温和的抚着我的肩说："绍菁！ 不要难过吧……今天我们好好的谈一谈！"我听了这话，心里凄酸更克制不住，我不禁伏在他的怀里呜咽起来，他就势坐在我身旁的沙发上，颤声说道："请你原谅我吧！ 你要知道我的心也够难堪了，这几天我什么事都提不起兴趣去作，……你想吧，一件顶心爱的东西，忽然间不见了，我怎么不伤感，同时我又看见这个心爱的东西，为旁人所得，我怎能不怨愤，当然我不免要想到你忍心，而责备你了！ ……但是绍菁！你的苦楚我也很清楚，不过你这样放浪，就真能逃出苦闷的压迫吗？ 唉！ 你的身世本来是很凄凉了，但为什么自己还要找悲苦来受呢？ 我希望你不要只希图一时的癫狂，一时的兴趣而造成终生更深的痛苦！"

唉！ 剑尘的话何尝不对，但是他太理智了！ 他只能以平常的眼光，来定我的价值，他哪里知道我的癫狂，有更深的意义呢！……这时我真想告诉他，我的心是怎样的需要他，……然而我不敢！我用力压下我激荡的感情，我冷然的说道："将来的痛苦怎么样，我现在没有余力去预料；我只望眼前稍微松动一些！……生命在我绝无可恋，也许因此可以很快的收束也难说……总之剑尘！你是认错了人，我们绝不是这世界上的好伴侣……如果你对我有伟大的同情，你只当我是你的姊姊！我希望你始终帮助我，但我不愿你爱我——因为我们的方向不同，既然宿命是如此，我们就应当早些分手……今天我极诚恳的求你……你快些找一合意的伴侣，把你纯洁完整的情爱贡献于她，……到那时候，我敢担保我们的友谊更可以维持到永远……而且也使我飘泊无定的孤雁，有一个依傍的所在……剑尘你答应了我吧！你看！我是怎样的狼狈，你还忍心不赦免我吗？"

剑尘怔怔的听着我哀婉的诉说，他的热泪溅到我的头发上了，很久很久他不能回答我的话，他只叹了一口气说："呵！难道说这就是我们的收场！"我不愿意再去挑动他的心，故作得意的神态……说道："剑尘！这样的收场不也很好吗？……我觉得天下的事情能留些有余不尽的缺陷，是最有意味的，我们好好保留着这一段美丽的而哀伤的印象吧！……"

我们谈到这里彼此的心情似乎都超脱些，我们已经跳出人间的羁縻，而游心于神秘之境了！这时我们不感到悲伤，也不感到欣悦，我们只感到飘洒和泰然。

六月二十日

唉！我真算得可怜，……变把戏的人，是骗看把戏人的钱，他自己虽然知道这完全是假的，而看把戏的人却能满足他们的好奇心，而发生欣悦，在这种欣悦中两方就都有了意义，但是假若变把戏的人，变出把戏自己看，这其间是含着滑稽的悲哀，我不幸现在就是自己变把戏自己看，并且妄想从这里得些安慰，唉！太笨了哟，我在剑尘面前，幻想出种种超然的美丽的影子，我虽是想安慰他，其实我是更想安慰自己，昨天剑尘在我这里谈话我说到许多奥妙美丽的生活，我强把灵和肉分开，我说我们的形迹虽然终久要隔离的，然而我们的心灵可以永远交绕，我说这话的态度非常真切，剑尘也许受了我的催眠，他也曾一度向这条路上追求，他说："好吧！我们的关系仅此而止，我们了解了超然之爱……我们可以向一般的俗人骄傲了。"他虔信我的幻想的态度使我惊奇了，当时我也受了他的催眠，我狂喜得流出欣悦的泪来，然而天知道，这是太滑稽而可怜了！我送剑尘出去，我独自转来，院子里静悄悄的一片通明的月光，从淡雾里透出来，照着我伶仃的身影，夹竹桃的温香，一阵阵由风里吹过来，我如同喝了醇酒般，心身都感到疲软，我斜身坐在碧草地上，隐约看见草隙中的小虫跳动，忽然间我感到寂寞了，我觉到这种美丽的风景，是不宜孤独赏鉴，这时我的灵魂发出饥渴的呻吟，我急切的追求和协的音调……但是很快的，我就觉得这种的追求是永远无望的。

这是一阵夜风穿过藤蔓，发出澎湃的叶浪声，同时我也听见我心海激潮的声音了，呵！什么超然的美，我是需要捉住那美的一切，我用我的心眼捉住他们过，然而同时我的手也想捉住他们，可是捉来捉去都是空的，因之我感到不满足，在这种心神恐慌的时候，我忽然看见藤蔓背后，有一双洁白而柔嫩的手，我不问他是谁，我发狂似的跳了起来，将他牢牢的捉住，唉！这是怎样柔滑的！……不知那一个英雄的手呵！我将他这双手按着我剧烈跳动的心房，同时我希望他低声的叫我……温柔的叫我，但是我等待了许久，还是寂然，我不禁抬起头来看他，唉！怎么美丽的英雄不见了，再看我手里握住的是一朵白色的茶花，我羞愧我悲愤，我咒诅这美丽诱人的幻影。我不敢再在这种神秘的境地逗留了。我回到屋子里，在明亮刺人的灯光下，我逐件的再认尽现实界的一切，唉！一切都是粗糙的，一切都是污浊的，我站在穿衣镜前，看见我那可憎的形体，我真不能再向她逼视，我如同遇见鬼似的，急忙跑开，我全身发冷，我如同发了疟疾似的，上下牙齿战战有声，我用夹被蒙上我的头，昏昏沉沉不知过了许多时候，才入了梦境。

六月二十三日

唉！ 天呵！ 这是真的吗？ ……这是想到的事情吗？星痕死了！ 今天早晨我到医院去看她的时候，她已经失了知觉，我握住她枯瘦如柴的手，那手是冰冷的，我由不得打了一个寒噤，就在这个时候，她喉间响了一声，两只眼珠便不动了，她怔怔的向上翻着的眼，好像在追求什么，我赶快放下她冰冷的手，我看她漆黑散乱的头发，我看她无血的口唇，我看她僵硬没有温气的尸体，……然而我不信她是死了。 死到底是什么东西？ 它一向藏在什么地方？ 它为什么忽然光临到她？ 呵！ 死！ 我知道了它的伟大，它是收束一切的英雄，它是人类最后的家，然而死是有一双黑色的大翼，当它覆盖在某一个人的身上时，这个人便与生隔离了，然而是谁给它这一双黑翼呢……哦！ 我的思想杂乱极了！我站在星痕的尸旁一直想着这些问题，剑尘拭眼泪，致一顿脚痛哭，然而我没有一滴眼泪，我一点都不感觉得心酸，我只感到神秘，我只感到死时候的伟大！“真奇怪，她平常那样爱哭，今天则不哭了。”致一和剑尘悄悄在议论我！ 我听了这话也很想：“哭吧！ 人人都哭我为什么不哭？”但是我无论怎样努力想哭，可是还没有眼泪，我也想我真有点奇怪，怎样平日心一酸，眼泪便如泻的流下来，今天却这样麻木呢？ 我真有些不好意思，我悄悄的躲开了，我坐上洋车回家，我的心神一直是麻木的，到了家里，我刚一走到院子里，我忽然间想起星痕素日的行动来了，我坐在书房里，只要听见急促的皮鞋声，就是她来了，我一定放下笔跑去欢迎她，有的时候我觉得在人生的道上跑得太疲倦了，我就跑到她的面前求些安慰，……难道说这一切从此便不会再有了吗？难道说她死了就更不能活了吗？难道说从此再不能听见她的温和的说话了吗？难道说从此就不能看见她潇洒的丰容了吗？……我问……唉！我向空虚上苍问，然而哪里有回音呢！！唉呀！我才知道死是这样残酷的，我抱住她的遗像放声痛苦——我失去的灵魂我觉得它已经回来了，我能感觉到别人所感到的悲喜了，我才明白刚才我的灵魂是超脱了，现在我自己恋着这个臭皮囊，又把灵魂寻了回来，使它受折磨，唉！星痕呵！你的死又在我心上插上一把利刃了！

六月二十七日

今天是星痕出殡的日期，我失了魂似的跟着她的灵棺去到庙里，许多人都围着她的遗像哭！——尤其是那些天真的学生，她们流着纯洁的热泪，深深的感动了我，——平时看不到的同情，在这一刹那间我是捉到了，为什么一个人在生的时候，所得到的同情，绝没有她死的时候的伟大呢……我想到这里不禁发出鄙视的冷笑，人总是人——浅薄利己是人的本性，彼此都在人生的舞台上充一个角色的时候，唯恐失却了个人的利益，互相倾轧。等到一个人死了，他是离开了人生的舞台，这时候他绝不能有所争夺，因之便可以大量的去赞美他惋惜他。唉！真是太无聊了！

我看着许多人在拭着眼泪，我怀疑他们的眼泪是真因惋惜死者而流的，我看见他们的眼泪含有利己的成分呵！我对于人间的一切怀疑了，我看见人和人中间的隔阂了，谁说人的心是相通的？

我忍不住剑镞的穿刺，我不愿再在人群中停驻，因为人越多越足映出我的孤单来，我只得悄悄的逃开。

我抱着漠漠深哀的心情，回到我凄清的书房里，我的头发晕，我的眼发花，我的耳壳里轰轰的发响，我要发狂了！

七月五日

这几天以来，我的精神发生剧烈的变化，我的心太不安定了，我憎厌所有的人类，我要想逃避，今天我拟想种种逃亡的方法，吃安眠药水吧……触电吧……但是我太没有勇气了！我不能自己来收拾生命的残局，只有等待自然的结果……好在我的身体已经渐渐的衰弱了，好像是将终的蜡泪，再让它滴几滴也就要熄灭了。

今天黄昏的时候，天气骤然起了变化，天空遮满了阴云，气压非常的低，似乎将要压着人们的眉梢，不久就听见树叶上面雨点淅沥的声音，雨势越来越紧，檐前的铁管里的水涌了出来，院子里积成了一个小池塘，约有两点钟的光景雨止了，凉风习习的吹着，赶散了天空的薄云，太阳如浴后美女，停在西方的天上，一道彩虹卧桥似的横亘天际，一切的生物都从困闷压抑中苏醒，真是太美丽了！ 我站在廊子上看彩虹，听风吹柳枝，唰唰飘落的残雨声，一切的烦闷都暂时隔离，我沉醉了。

七月八日

今天是我的姑丈生日，姑妈从昨天就忙着收拾房屋，又从花厂买来许多月季和玉兰花，每一个花瓶里都插上了。 芬馨的花气充溢了四境，表妹们都收拾得齐齐整整，我看着她们欣悦的忙碌着，我也仿佛有些兴奋。 我也换了一件漂亮的衣裳，很消闲的坐在藤椅上，屋子里的一切都似乎含着微笑，到处都充溢着喜气，最初我沉醉于其中，但是不久我发现我的寒伧，我是没有父母的孤儿，——看见人家骨肉团聚的快乐——虽然他们待我也和家人一样，但是我总感到我在这一群之中是个例外，他们越待我好，我越觉得自己的单寒，似乎到处需要人们怜悯的眼光，后来我仍然躲到自己的房间去。

下午客人来得更多了，而且她们是那样不知趣，不管人心里高兴不高兴，偏偏问长问短，我又不能不应酬，唉！ 在这种概不由己的时候，只好像傀儡似的，扮演吧！

十二点多了客人才算散尽，我惘然的坐在屋里的藤椅上，我感觉到四境的压迫一天一天重起来，生命还有多少时候，我虽然说不定，不过这种日渐加重的压迫，恐怕我是扎挣不得了，唉！ 我想逃……

七月十二日

这些日子多半是在昏沉的状态中度过，烟抽得可怕的多，有时一连气抽十几支。 鼻管里常常出血，姑妈几次婉言相劝叫我戒烟，我知道她的好意，但是天呵！ 姑妈呵！ 恕我不能接受你们的好意，我这种失了主宰的心，好像一个无家可归的流浪者，如果不借烟酒的麻醉，那么，这悠悠长日，又将怎样发付呢！

剑尘近来有些怨我，或者也许在恨我，……自然他是不了解我，近来他的行为偏激得使我流泪，人真是太浅薄了，为的是爱一件东西，必要据为己有，否则爱将变为怨恨！

读法国小仲马的《茶花女》，——我有些看不起亚猛了，他那样蹂躏马克看着她死灰色的脸而发出有毒的笑——其实马克的牺牲他那里体谅到分毫，直到他知道个中曲折，后悔时——但已经晚了！ 晚了！

唉！ 我现在也只有盼望在我死的时候，或者可以得到别人一滴忏悔的眼泪罢了。

七月二十四日

　　事情是越来越离奇，今天我和剑尘在一个朋友家的宴会席里遇见了，他的态度是那样辛辣，他故意作出得意的颜色对一般的来宾说："近来我得到了教训——金钱实在是万能的，尤其是恋爱缺不得这个条件……"他说这话的时候，轻鄙的眼光不住的扫射着我。呵！我几乎昏了过去，我觉得全身作冷，我悄悄的逃到回廊上，装作看缸里的金鱼，那不能克制的泪水便滴在水缸里，幸喜他们都没有看出，不过致一有些疑心，他走到我的背后说："喂！纫菁！你干什么呢？"我勉强答道："看金鱼。"自然那声音是有些发颤，致一拉着我的左臂说："去吧！到那边看看荷花去。"我只得惘然的跟着他走了。

　　荷花果然开得很茂盛，而且气味异常清香，然而我流着血的心，正像那艳丽的红花瓣。我觉得我所看见的不是荷花，只是我浴血的心，我全身又在发寒战，致一怔怔的望着我，低低的叹了一声说道："你们葫芦里到底卖的是什么药呢，怎么剑尘说话总好像有刺似的。"

　　我听了这话，我只好苦笑着走开了！……

七月二十五日

我真不明白人间的友谊是怎样发生的，——昨夜我为探究这个问题，通夜不曾安眠，我很渴望从这里找到一些人间的伟大和纯洁，然而太不幸了，结果我的答案是：友谊就是互相利用，而这个利用又必须是均衡的，如果那一天失掉均衡，那一天友谊就宣告死刑。唉！人与人的关系是这样组成的，人类真太可怜了！

我近来的思想总是向使自己更为孤独的方面跑，致一说我是变态，但我自己以为与其说是变态，不如说是有计划的，因为只有这样，我才能够超脱，我才能够作出好像伟大的事情，近来我能对剑尘这样冷淡，真要多谢这种思想的帮忙，我能鄙视一切众生，我才能逃出作茧自束的命运，不过这种思想究竟能维系我到什么时候，我是毫无把握的。

我最近的生活，表面上是异常的孤寂，不过精神的变化也最为剧烈，在我眼前展露着无数的道路，然而我并没有选择到一条，不过在无数的路口上徘徊，盘旋，最后我恐怕是徒劳而死，——死于矛盾冲突中。

我听见两个绝对不同方向的魔鬼在呼喊，同时他们又用尽技巧来诱惑我，我怕同时我又迷恋，在他们的搏斗中我看见生命的火花在闪烁着，可是我这样脆弱的心身怎能负荷这繁巨的重担，最后我倒了，倒在泥泞污秽的沟涧中，拖泥带水，呵！ 我的两腿抖颤，我一步也不能走了，我的呼吸急促，天呵！ 我要发狂了！ 我要发狂了，谁能救一救我呢……

七月三十日

今天下午我无意中遇见一个朋友——她从前和我同过学，是一个很深刻的人，一般人都觉得她脾气有些乖张，而我觉得她很合脾胃，她很直爽有些带男性，她对于我是很关心的，常常问到我的生活，所以她今天看见我第一句话就问道："你近来的心境好吗？"我说："现在很平静，每天很规则的工作休息。"她听了这话似乎有些不相信，接着又问道："果真能如此吗？ ……那我白替你难受了一场。"我听了这话莫名其妙的动了心，我似乎预感到一种不幸的打击，又要临到我身上了。 我很诚恳的握住她的手道："请你明白告诉我吧，你究竟又听到什么消息？"这时我的脸色有点发白，我听见心跳得非常快，说话的声音也有些发抖，她自然多少明白我内心的空虚，无论话说得怎样漂亮，也是掩饰不来的，她极力的先劝解我一番，然后她报告我一个使我难受的消息。 她说："剑尘已经有了爱人，你应当知道了吧！"这真是一根锋利的针，恰恰刺在我的心上，但是我不愿意把自己心里的矛盾现示给她，我极力镇定，故意作出非常冷淡的情形说道："这我虽不大清楚，但是我却早已预料到了，而且可以说正是我计划的成功，但不知是怎么个始末，你明白的告诉我吧！"她叹了一口气道："剑尘那个人厉害起来真够人怕的，但是殷勤起来却也比任何人都会，前天我去看电影，在电影场遇着他同着一个年轻的女人——那个女人也并不漂亮，不过皮肤还白净，他们俩坐在一处作出非常亲热的表示，剑尘对她是十三分的柔情，当时我很奇怪，而且我又替你设想，自然我有些不满意剑尘……不过你说是你的计划那就当别论了，不过男人总是男人，……""其实这种事情我也早听惯看惯了，只要他快乐，我就安心了！"我对她说过这话以后，就连忙设法躲开了，我不愿我的怯弱被她看出。

回到家里，我的心一直在隐隐作痛，我想到人情真是太不可靠了，我常梦想一个牺牲自己，而成全别人的伟大情感之花，能有一天在我面前开放，结果呢梦想永远是梦想，没有一个对象是值得我给她这样的神奇的礼赠，同时也没有人肯给我这种礼赠，在这个世界除了求利避害之外，没有更多伟大的事情了，我真有点对于自己的愚笨发笑，在世界奔波了二三十年究竟追求到什么？ 我是从母亲怀里赤裸裸而来，最后我还是赤裸裸而去，除了身上心上所刻镂的伤痕没有更多的东西了，呵！ 我怨恨吗？ ……谁值得我的怨恨！

八月五日

今天下午我独自到南郊去看星痕的新坟，当我走到人迹稀少的旷野时，我的心有些酸梗，这是我半年来常同星痕游憩洒泪的地方，曾几何时她已作了古人，在累累群冢上又添了一座新坟，人生真太不可思议了！

她的坟前有两株茂密的白杨树，在这将近黄昏的淡阳里，发出瑟瑟的声音，我站在白杨树下凝视她安息的佳城，我仿佛看见她腐烂的尸体和深陷的眼窝，孤露的白牙，我禁不住有些发抖，远处丛苇在风里摇曳，似乎万千的阴灵都在那里出没，况且斜阳更淡了，夜幕渐渐往下沉，使我不能再留恋了，我只低声叫着"星痕"以后，便匆匆的回来了。

到家时，空庭寂静，只听见墙阴蛙声咕咕，我坐在绿藤荫下，遥望天空星点渐繁，晚风习习，这时，我心里有着不可说的惆怅，唉！落魄的归雁呵！我为追求安慰而归来，我为休息灵魂的剑伤而归来，但是我所得到的是什么？——唉！更深的空虚更深的剑伤罢了！

夜深了，衣上似乎有些露滴，但月已高高的升到中天，很清晰的照着我寒伧的瘦影，我的视线在模糊的泪液中闪动，我的心正流着新创的血滴！……

八月十七日

今天萍云来看我，我们坐在回廊下面闲谈，热风带来阵阵玉簪花的香气，蜜蜂环绕着我们嘤嘤的叫，天气是多么困人，我们都似跋涉远路的旅人，感到心身的疲倦，萍云侧身躲在宽仅及尺的木栅杆上，我只靠着柱子看地上婆娑的树影，我们这样嘿嘿的度过了一个下午，后来萍云提议去看电影，我没有反对，因为我也正在找消闲这无聊长日的方法。

不久我们就坐在黑暗的电影场里，今天演的片子，是一出悲剧，情节非常凄楚，再加着那悲感刺心的音乐，我们都为悲情所鞭打，脆弱深忧的心流出不可制止的热泪来了。

休息的时候，我偶然回头，蓦然使我一惊，唉！ 天呵！只有你知道，我这时所受的槌击，是怎样的惨酷，这时我的头嗡嗡的作响，我的心如用钢绳绞紧，我用死力握住萍云的手，我的身体不住在打颤，萍云惊奇的望着我，一面低声安慰我道："纫菁！ 不要伤心吧！ 突然间你又想到什么了？"我只摇摇头道："萍云！ 我不能忍受了，让我们离开这地方吧！"萍云听了这话，知道一定有点缘故，她便也回头张望，最后她看见剑尘了，他是同着一个妙年的女郎坐在一起，萍云这时站了起来道："纫菁！ 镇静些，把你的眼泪擦干，为什么要叫别人看出你脆弱的心，你应当装作很高兴的样子。"

我听了萍云的话，不知从那里冲起一股勇气来，我果然咽下酸泪，并在眼角两颊上扑了粉，装作很高兴很专心的样子看电影。

当电影散了的时候，我们故意慢慢的走，萍云看见剑尘已经走得很远了，她才叫我说："走吧！ 菁！"我们出了电影场，萍云替我叫好车，并且她也陪着我回来。

唉！ 可怜这一夜我们都没有睡，我们彼此谈讲着苦厄的命运，磨消这可怕的长夜。

九月三日

这几天气候渐渐凉了，清晨我起来的时候，看见藤叶在秋风里颤动，我的心感到秋意了。 秋日的蔚蓝色的天，比任何时候都皎洁，都高爽，风也是很和温的触着我的皮肤。

下午的时候，我去找巽姐，但是她出去了，我便去找陆萍，他正在写文章，见我去了，他放下笔说道："你今天不来我正想找你去呢！"我问道："有什么事情吗？ ……"他笑了笑道："也没有什么事情，不过听说你病了许久，我老没得工夫去看你，今天我没到学校上课，想着写完这篇文章去看你，很好你先来了，你到底生什么病呀？"我听了这话心里有些发酸，我默然的答道："胃病。"

我不愿意他再问我什么，我便拿起一本小说来看，他呢，对着他自己的文稿出神，这时候已近黄昏了，屋里的光线非常暗弱，我们都沉默着，忽听门外有皮鞋声，门开了，致一举着活泼的步伐走进来，屋里的空气顿时热闹起来，致一要我请他吃炒栗子，我叫车夫去买，这时候致一坐在我对面，忽然他凝注着我的脸说道："纫菁！ 你怎么瘦了？"

陆萍没有等我答言，瞭了致一一眼道："嘿！ 你别废话吧！ 老实等着吃栗子吧！"

致一很聪明，便笑了笑不再说什么。

我们吃着新炒的热栗子，栗皮便作了武器，致一开始用栗皮抛击我，——当然我知道他的用意，他是想变换变换空气，果然很有效力，我顿时忘了一切的伤痕，也用栗皮还击，陆萍在旁边看着我们笑，正在这个时候，剑尘推门进来了。我仿佛触了电似的，全身不由得打了一个寒颤，悄悄的退到墙角的椅上坐了。

最近我和剑尘之间，似乎是竖起一座石屏，我们久已不通信，不见面了，有时无意中遇到——像今天的这种情形，大家也都是默然无言。

屋里现在是有着可怕的冷寂，没有灯光，没有月影，只在模糊的光线中浮动着几个人影。

剑尘这时是用愤怒和卑视的眼光扫射着我，并且不时发出沉重的叹息，我只有低着头默默的忍受，几次我的心是燃烧着热情，我要想把我坦白的心，在剑尘面前披露，但是我不敢，我的理智不应许我，同时我不知为什么，我不能静默了。我的心将要从我的胸膛中跳出来，于是我跑到了琴边，唱起苏东坡的《满江红》来，而且我是非常高兴，非常活泼，好像春天花园中的小鸟，致一见我这样高兴，他也真高兴起来，便随着我的声音唱，我们正在耍得迷离惝恍的时候，忽听见"啪"的一声响，大家不约而同的怔住了，只见剑尘把一根文明棍，从中间撅成两节，然后对着致一冷笑道："你的兴致倒真不错呵！……这个年头的人们真没有什么说头……"

　　致一莫名其妙的望着他，陆萍低头无言的看着墙上的照片，我呢，伏在琴上哭了。

　　过了些时，剑尘叹了一口气，拿着帽子愤愤的走了，我心里受着非常的压迫，到这时候我怎么也忍耐不住了，我呜咽的痛哭，致一再三的安慰我，陆萍只有悄悄的叹气。……

九月八日

　　我近来是走到荆棘的路上来了，不断的血滴使我非常惊吓，我再也不能扮演了，今天我思量了一早晨，结果我决计走，虽然我明知道，此去依然飘泊，前途也未必就有光明，不过这眼前的荼毒也许是可以避免。

　　我正预备到书局去辞职，忽然剑尘来找我，这时我的心禁不住怦怦的跳，我用抖颤的手开了房门让他进来，我的视线不敢向他脸上注射，只低声问道："你从哪里来？"他的声音也似乎有点发抖道："从家里来。"隔了些时，他接着说道："我早想来和你谈谈！ 呵，纫菁！ 这些日子我们的形迹却是疏了，可是我对你的心还是一样，可不知道你对我如何？ ……你最近的生活怎样呢？ ……你的心情没有改变吗？ ……"我听了这些话，真不知道怎样回答，过了许久我才勉强答道："我还是这样，反正是消磨时光……"我说到这句，我的心禁不住冲上一股酸浪来，我低下头去。

剑尘不住用锐利的目光打量我，后来他又说道："当然你总觉得我不了解你，在以前也许是事实，不过最近我却似乎明白些了，……朋友们聚在一处谈话，偶尔谈到你，有人说你不久要和某人订婚，我虽然有些怀疑，但是我想你也不过像演剧似的，演完就算，未必真有这事吧？……"

唉！天呵！现在我应当对他说什么，我能把我一向委曲向他面前倾吐吗？……如果我这样办了，谁知道以后将要发生什么结果呢！我还是继续我的计划吧！但是这两个月以来我总算受尽了苦痛，我还有勇气再负担吗？

这种纠纷和冲突在心里交战了很久，最后理智是告诉我应作的事情了，我对剑尘说："……一个人的命运，有时候可以自己创造，有时候是要凭造物主的意旨，所以现在我不能确实答复你。我将来要作的是什么事情，总之你现在既已有了光明的前途，你好好的追逐。至于我呢，现在不脆弱了，不顾忌了，……实在的我近来的思想却比从前进步了，这一点你大约也看得出，从前我虽不喜欢这个社会，但是我还不敢摈弃这个社会，现在我可不管那些了，我想尽量发展我的个性，至于世俗对我的毁誉我不愿意理会，并且我也理会不了许多，所以近来我虽听见人们在谈论我，我也绝不能为这事动心，我已经没有力量为了讨别人的欢喜而扎挣了！"我这时的心真兴奋极了，我好像已经把人类社会的一切摔碎了，我傲然望着云天，似乎我现在是站在云端里呢！

剑尘听了我的话，看了我的样子，他似乎觉得惊奇，他笑道："你的思想的确改变了，既然这样我也就放了心，现在我把我近来的生活告诉你：从前你不是有一封信劝我结婚吗？ 当时我心里怎么想，不必说你一定很明白了，……不过我呢，事实上最迟两年内也非结婚不可，后来恰好有一个亲戚替我介绍密司秦——这个人你大约许见过，她虽然年纪很轻，但还没有现在一般小姐们的习气，并且彼此感情也很好，……大约我的问题不久也就可以解决了。 ……并且她很想见见你！"

"见见我吗？"我不由得有些惊吓的问他。

"是的，见见你；我想你一定很愿意，是不是？"

"对了！ 我很愿意见见她……的确的，我时时刻刻祝祷你们的幸福，因为至少可以补救人间的缺陷于万一……"

"既然这样，礼拜天萍云请我们吃饭，就在那里，我替你们介绍介绍。"

"好吧！ ……"我不能再说下去了。

剑尘走后我怔怔的好像才从梦里醒来！

九月九日

呵！ 我的心现在是装着万重的悲伤，我的两眼发花，我的耳朵发聋，我的心满了新的箭镞。

呵！ 我掀开窗幔，院子里浮动着黑暗的鬼影，一切的人类正在沉酣的睡着，——秋凉的树叶是多么清爽多么美丽，然而我现在摒弃了睡魔，捣碎了幻梦，我现在只感到梦醒后的惆怅，它好像利剑尖刺痛我，又好像铅块紧压着我。

想到今午在萍云那里吃饭，他说我有尤三姐的风度，不错，前此我的确还能粉饰自己如一朵玫瑰，香甜辛辣，有时又像是夏夜的素馨，使人迷醉，但是现在我不愿意再骗自己了。

我把数月来的日记，从头读了一遍，我除了自恨愚钝还有什么可说！

好了，现在一切都有了结局，最初使我残灰复燃的是剑尘，现在扑灭我心头火焰的也是剑尘。

唉！ 我要见密司秦吗？ 不，不，那是比任何刑罚都难忍受，我没有勇气！ 没有勇气！

今天是礼拜六；唉，上帝呵！ 我决不能再迟延了，让我在明晨日出之前，离开这个地方吧！

我的日记也可以从今天起告一段落。

归雁！ 归雁！ 而今负荷着更重的悲哀去了——去了！

自叙传、女性意识与新女性实践

——庐隐小说略论

吴义勤

庐隐是"五四"时期的著名女作家。 她以小说创作为主，同时笔涉散文、日记、书信等众多文体，且成绩斐然。其中，1925 年出版的《海滨故人》为其第一个短篇小说集，《象牙戒指》为其后期创作的长篇小说。《海滨故人》《归雁》等小说，《寄天涯一孤鸿》《雷峰塔下》《灵海潮汐》《东京小品》等散文，都是其代表作。 但在各体中，尤以小说创作成就最大，并以此奠定了其在新文学史上的重要地位。

庐隐的小说大都带有突出的亲历性、自叙传特征。 她的大部分小说都以自己真实的生活经历和真切的生命体验为蓝本，即无论人物或故事，还是情节或细节，大都可在其生活中找到切实的原型。 比如，《海滨故人》中的主人公露沙就是作者自己的化身，而云青、玲玉、宗莹是以其大学同学王世瑛、陈定秀、程俊英为原型，至于其中的故事与命运遭际，就更有原型可寻。《一个情妇的日记》中的美娟爱上了有妇之夫的革命党人于谦，并力排众议，与之结合，几乎就是对自己的一段情感经历的描摹。《何处是归程》中女性"结婚也不好，不结婚也不好"两难处境的描写，事实上也并无多少虚构的成分。 当然，常识告诉我们，小说是一门虚构的艺术，故其小说与生活并不能等同，但是，她这些讲述悲欢离合故事，表达女性主体意识，宣泄新女性困惑、迷茫心境的小说，又的确带有明显的亲历性、自叙传倾向。 她在现实与文学、生命与写作之间所建立起的同步互证、代偿修复关系的文学实践，即使放置于整个二十世纪女性文学史上，也具有相当的代表性。

庐隐的小说也不指向宏大题材、宏大叙事，笔之所涉无非就是个体间的友情、爱情，普通人的日常交往以及司空见惯的家庭生活，但她的写作始终不离女性本位：或讲述知识女性苦闷的情感经历，或探讨隐秘的心理世界，或寻找个体活着的意义，或追问虚无的人生归宿，都显示了浓郁的女性气息。《海滨故人》揭示新女性内心深处莫可名状、无法言说的困惑与迷茫，显示了女性文学所独有的特质与气息。 而她越轨的笔致，体验的大胆，表达的前卫，在她的那些单纯描写两性或同性关系的小说中，更是得到充分展现。《丽石的日记》描写女同性恋的情感世界，《一个情妇的日记》探讨"插足者"的心理体验，这种探索与表达在"五四"时期都堪称前卫。 然而，以女性意识统摄，聚焦女性情感、心理、精神，并不等于说她的小说在价值倾向上不具有直接介入时代生活的功用，事实上，像《灵魂可以卖吗？》《秋风秋雨愁煞人》这类小说对人生问题、社会问题的揭示或反映，都具有很强的针对性和介入倾向。 这也就是为什么她的这些小说在当时一度被归入"社会问题小说"范畴之根本原因了。

　　庐隐的小说善用日记体、书信体，采用第一人称讲述语式，从而使得她的小说展现出了突出的个人化或私语化风格。《胜利以后》《云鸥情书集》以书信体结构全篇，《海滨故人》《归雁》《象牙戒指》大量插入书信；《丽石的日记》《一个情妇的日记》《父亲》《曼丽》《归雁》以日记结构全篇，《象牙戒指》也不时引入日记。 庐隐的日记体、书信体小说是典型的"现代小说"。 作为一种新生门类，庐隐的这些日记体、书信体小说，与包括鲁迅的《狂人日记》、丁玲的《莎菲女士的日记》和《自杀日记》在内的新文学作家们的作品，共同为推进创生期"现代小说"文体革新与发展，做了及时的、有益的、有贡献的探索与实践。 另外，庐隐的小说不侧重人物形象、故事情节的营构，而力在凸显感情、情绪、直觉、意识、潜意识等主观层面在艺术实践中的主体性、能动性，而且，从短篇、中篇到长篇，皆应有尽有。 这种文体实践显然也显示了十足的现代色彩。

　　庐隐是典型地在"五四"精神感召下成长起来的一代知识女性，其情感态度、经历以及由此而引发的文学实践，都带有那个时代的突出印记。 她的女性气质、自由思想、个性意识，以及由此而引发的文学实践，都对"五四"时代的社会思想做了良好注脚。 茅盾说她是被"五四"的怒潮从封建的氛围中掀起来的、觉醒的一个女性，庐隐，她是"五四"

的产儿。 不仅如此，作为中国现代女性文学的先驱者，其超前的女性意识、崭新的文体实践与鲜明的文学风格，亦为许多后继者所标榜、所模仿，从而不断开创女性文学创作的新局面。

图书在版编目（CIP）数据

海滨故人/庐隐著；吴义勤主编. --郑州：河南文艺出版社，2020.3

（百年中篇小说名家经典／何向阳总主编）

ISBN 978-7-5559-0882-1

Ⅰ.①海…　Ⅱ.①庐…②吴…　Ⅲ.①中篇小说-小说集-中国-现代　Ⅳ.①I246.5

中国版本图书馆 CIP 数据核字 (2019) 第 284398 号

丛书策划	陈　杰　杨彦玲		
本书策划	王　宁	责任校对	丁淑芳
责任编辑	王　宁	责任印制	陈少强
丛书统筹	李亚楠	书籍设计	书籍/设计/工坊 刘运来工作室

海滨故人
HAIBIN GUREN

出版发行　河南文艺出版社
本社地址　郑州市郑东新区祥盛街 27 号 C 座 5 楼
邮政编码　450018
承印单位　河南瑞之光印刷股份有限公司
经销单位　新华书店
开　　本　787 毫米 × 1092 毫米　1/32
印　　张　7
字　　数　132 000
版　　次　2020 年 3 月第 1 版
印　　次　2020 年 3 月第 1 次印刷
定　　价　26.00 元

印厂地址　河南省武陟县产业集聚区东区（詹店镇）泰安路
邮政编码　454950　　电话　0391-2527860